JN024528

アイン
フュンフ

ツヴァイ
フィーア

宮間快人《みやまかいと》
ノア
ルナマリア

勇者召喚に巻き込まれたけど、異世界は平和でした 14

灯台
イラスト　おちゃう

新紀元社

CONTENTS

STORY

魔界の島で、七日間にわたって「六王祭」が開催。魔界・神界・人界のトップたちが大集合し、宮間快人もアトラクションに参加したり、たくさんの相手と再会したり交流したりして、祭りを存分に楽しんでいる。そして竜王の企画による三日目を迎え、ますます会場は盛り上がりを見せて――。

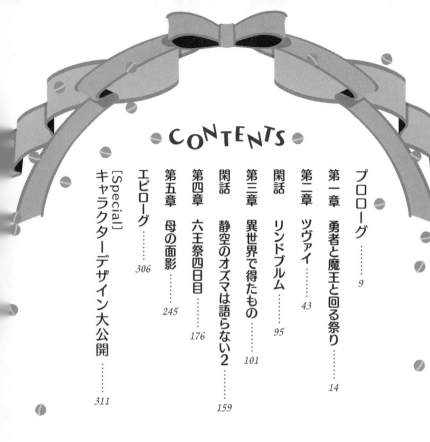

CHARACTER

異世界転移組

宮《みや》間《ま》快《かい》人《と》

奇縁に恵まれた大学３年生。穏やかでお人好しな反面、物怖じせず自己主張をするところも。両親を事故で亡くして以来、殻に閉じ籠もっていたが、クロと出会い、前向きになった。『感応魔法』が使える。

楠《くすのき》葵《あおい》

高校２年生。陸上部所属。育ちのよさが窺える優等生だが、意外にもゲーム好き。

柚《ゆず》木《き》陽《ひ》菜《な》

高校１年生。葵と同じ陸上部所属。天真爛漫だが、少し怖がり。正義とは幼馴染み。

光《みつ》永《なが》正《せい》義《ぎ》

高校１年生。陸上部所属。勇者役として各地を訪問するため、快人たちとは別行動。

魔界組

アイン

クロムエイナの『家族』。万能・凄腕のパーフェクトメイド。クロムエイナ絶対主義者。

ノイン

クロムエイナの『家族』。大正時代の日本からやってきた、もと人間。全身甲冑が基本。

クロムエイナ（クロ）

冥王。現在は少女の姿だが、実は外見も性別も変えられる。明るく無邪気で、大人びた包容力もある。ベビーカステラと快人のことがお気に入り。

リリウッド・ユグドラシル

界王。世界樹の精霊。魔界の六王のなかで最も常識があり、穏やかな性格。アイシスの親友。

アイシス・レムナント

死王。この世界で最も恐れられる存在だが、心優しく寂しがり屋。快人を純粋に愛する。

アグニ

戦王五将軍の一角にして、戦王配下筆頭。『業火』の二つ名を持つ。戦闘は全徒手空拳。

オズマ

戦王メギドに仕える高位魔族『戦王五将』のひとり。『静空』の二つ名を持つ。

メギド・アルゲテス・ボルグネス

戦王。魔界の六王の一角。好戦的で大酒飲み。通常時、人化時、本来の姿がそれぞれ異なる。

マグナウェル・バスクス・ラルド・カーツバルド

竜王。世界最大の生命体である高位古代竜。礼儀を重んじ、魔界の六王のなかでは常識人枠。

人界組

リリア・アルベルト

公爵家の当主であり、快人たちの保護者。シンフォニア王国国王の異母妹。外見にそぐわぬ怪力で、以前は騎士団にいた。真面目ゆえに苦労性。

ルナマリア

リリアの専属メイドで親友。有能だが、人をからかうのが好きな困り者。冥王の狂信者。

アニマ

宝樹祭での戦いで死亡し、快人に仕えるべく甦ったブラックベアー。直情的な情熱家。

アリス

雑貨屋の店主。素顔を晒すのが苦手で、着ぐるみやマスクを愛用。大のギャンブル好き。

ラダナ・ディア・ハイドラ

ハイドラ王国の国王でマーメイド族。かつて初代勇者とともに魔王を打ち倒した英雄のひとり。

フィーア

伯爵級高位魔族。医者として活動している。もと魔王。

クリス・ディア・アルクレシア

アルクレシア帝国の皇帝。人間と魔族の血を引き、クロムエイナのもとで暮らしたことがある。

ジークリンデ

リリアのもとで働くエルフ族の女性騎士。喉に負った傷が原因で、声を失った過去を持つ。

異世界組

マキナ

快人の住んでいた世界を創造した地球神エデンを動かしている、本体にして真の神。

神界組

シャローヴァナル（シロ）

神界を統べる創造神。無表情かつド天然な絶世の美女。クロムエイナと親しい。極端なほどの平等主義者だが、快人に興味を抱き祝福を授ける。

フェイト
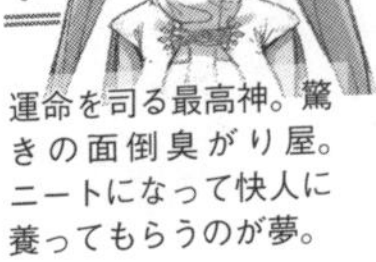

運命を司る最高神。驚きの面倒臭がり屋。ニートになって快人に養ってもらうのが夢。

クロノア
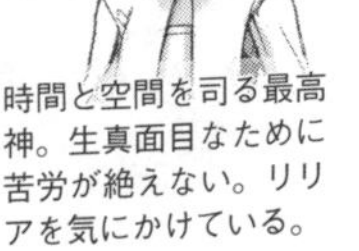

時間と空間を司る最高神。生真面目なために苦労が絶えない。リリアを気にかけている。

ライフ
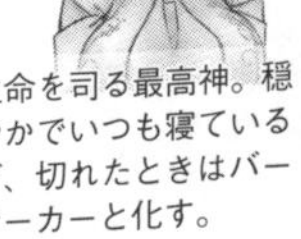

生命を司る最高神。穏やかでいつも寝ているが、切れたときはバーサーカーと化す。

プロローグ

アリスを軽く叱っている間に、ラグナさんとフォルスさんの話も終わったらしく、ふたり揃ってこちらに近付いて来た。

「……ともかく、貴様はこの六王祭中ひとりで出歩かぬように。出歩く際はワシの部下を向かわせる」

「まったく問題ないね。というより、君に誘われさえしなければ私は一歩も部屋の外へは出ない。食物も含め生活に必要なものはすべて自作できる。というわけで、さっそく私に菜園付きの研究所を用意してくれ」

「あるかっ！　そんなものっ‼」

「なんだと……で、では、いま私の頭の中にあるアイディアはどうする？『足の親指の爪だけ伸ばす魔法』の術式を思いついたというのに……」

「いや、それは一生貴様の頭の中に秘めておれ、世界には不要じゃ……」

話、終わったんだよね？　ラグナさん、ひとりで相手するのが面倒になってこっちに連れてきたわけじゃないんだよね？　できればそのまま連れて行ってほしいんだけど……。

そんなことを考えていると、こちらに来たフォルスさんはふとノインさんの方に視線を動かし、顎に手を当てながら呟《つぶや》いた。

「時に、聞こうとは思っていたのだが……なぜ、ノインは甲冑《かっちゅう》姿なんだい？　別に警備担当というわけではないのだろう？　ミヤマカイトくんより聞いた話では、君と元魔王現町医者のフィーア殿……略して『元フィーア殿』は、ミヤマカイトくんと一緒に回るのではないのかい？」

「その略し方は悪意があるから、やめてほしいんだけど⁉」

「……フィーア、気持ちはわかりますがたぶん言っても無駄です。っと、私が甲冑姿なのは正体を隠すためですよ」

「……ふむ、なぜそんな非効率的な方法を？」

「え？」

ノインさんの返答を聞いたフォルスさんは、心底不思議そうに首を傾げた。

「正体を隠したいなら『髪の色を染めるなり、髪型を変えるなり』すればいいのでは？　現存する君の情報と言えば、友好都市ヒカリにある銅像ぐらいだが、アレでは顔の細部はわかるまい。髪の色か髪型を変えれば、ほとんどの者には気付かれないだろう？」

「……い、言われてみれば……確かに……」

ここでまさかのド正論である。確かに、初代勇者は黒髪と伝わっているので、染めてしまえば気付かない気がする。

「では、そういうことで『ディスペル』……それともうひとつ……」

「え？　ちょっ⁉」

結論は出たと言いたげにフォルスさんが手に魔法陣を浮かべ、ノインさんの全身甲冑を消し去ってしまう。中から現れたノインさんの姿は、意外なことに着物ではなかった。

清楚な印象を受ける白いシャツに、黒色のロングスカート……葵ちゃんあたりが好きそうな、可愛《かわい》らしさとカッコよさが一体化した女性らしい服装だった。

だがそれ以上に、驚くべき部分が変化していた。

「おや？　髪は以前の長さにしたのかい？　いいね、やはり君にはそちらの方が似合っていると思うよ。しかし、甲冑の下にお洒落とは、意味がないだろうに……見えないところに気を配るというものなのか？　ううむ、お洒落というのはよくわからないね」

「い、いや、フォルス⁉　なにするんですか……こ、これじゃあ……」

「ああ、その点に関しては問題ないよ。確か鏡がマジックボックスに……ああ、あった！　ほら、見てごらん？」

「……え？　あれ？　髪と目の色が……」

そう、黒髪黒目のはずだったノインさんが、髪の毛は桜色に、瞳は明るい紫に変化していた。パッと見、別人かと思ってしまう。髪の色が変わると、結構印象って変わるもんだ。

「そう、これは私が開発した髪や目の色を変化させる魔法だよ。視覚を持つ生物が色から得る情報は大きい。明るい色の髪にすると、それだけで陽気に見えたりすることもあるだろう？　色の変化というのはなかなかに優秀な変装手段なんだよ」

「う、う～ん。どうですか、快人さん？　変じゃ、ないでしょうか？」

「いえ、確かに印象がガラッと変わった気がしますが……ノインさんには、明るい髪の色も似合ってると思いますよ」

「あ、ありがとうございます」

桜色の髪に変わったノインさんは、心なしか普段より少し幼く見えて、可愛らしさが増しているような気がした。

意外というのは失礼かもしれないが、元の顔立ちが美人なので金髪とかでも似合いそうな気がする。

「……フォルス、お主。たまには役に立つ魔法も開発するんじゃな……見直したぞ」

「う〜む、その評価は私としては少々いただけない。この魔法は本当は『服の装飾用』に開発したものなんだよ。これさえあれば、同じローブばかり着ていてもお洒落に見えるかと考えてね。私は確かに日陰者だが、まだ女を捨てたつもりはないので、多少は見た目にも気を配りたいと考えたわけだ。しかし、研究を放り出してまで服を買いに行く気が起らない。ローブだけなら山ほどある……ならローブをお洒落に装飾してみようという逆転の発想だね。開発に『五年かかった』」

「……そ、そうか……前言撤回してもいいかのぅ？」

「しかし、実際でき上がったこの魔法は……魔力消費も大きく、一度の発動で一色しか色を付けられない上、二十四時間ほどで効果が切れてしまう。単色のローブは、なんというか偽物感がやたら強くてね。使いどころがなかったのだが、機会があってよかったよ。まぁ、こんなややこしくて消費の大きい魔法で髪の色を変えるぐらいなら、染料でも使って染めた方がよっぽどマシだというわけだ。しかし、期間限定の変装には使えるので、及第点としておこうかな？」

「なんであれ、私は助かりましたので……ありがとうございます」

要するに、お洒落な服を買いに行くのが面倒だから手軽に服に変化を付けられる魔法を作ったたってことかな？　なんというか、努力する方向が間違っている気がしないでもない。

でも、その魔法のお陰でノインさんは甲冑を外して回れるわけだし、俺としてもその方が嬉しいから……まぁ、いいかな？

第一章　勇者と魔王と回る祭り

フォルスさんが「また今度研究所に遊びに来てくれ」と言って、ラグナさんとともに去って行き、それを見送ったあとで、俺たち三人と二匹も改めて三日目の六王祭へ繰り出した。

「なんかさっき、私って影薄かったよね？　まぁ、元の立場的にあの面子《メンツ》だと薄くなるのは仕方ないだろうけどね」

「え～と、はい。それは、いいんですが、フィーア先生？」

「うん？」

「なんで俺の腕を……」

隣を歩くフィーア先生は、ごく自然な動作で俺の腕にしがみ付いていた。俗に言う腕を組むという形なわけだが……大変豊かな膨らみが押し付けられており、どうも落ち着かない。

「デートだからね。デートだったらやっぱ、このぐらいはするよね」

「そ、そう……ですかね？」

「そうだよ！　まぁ、私のことはいいとして……ノインはなんで離れて歩いてるの？」

フィーア先生の言葉通り、ノインさんは俺たちの三歩ほど後ろを歩いている。大和撫子の慎ましさといった感じではあるが、祭りというシチュエーションを考えるとあまり適切ではない。

むしろ、はぐれないか心配である。

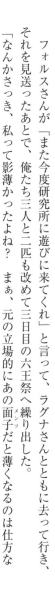

「女性は殿方の三歩後ろを歩くものでは？」

「……初めて聞いたよ、そんなの。従者っていうならわかるんだけどさ……」

「えっと、俺やノインさんがいた世界にはそういう風習？　みたいなのもあったんですよ」

「へぇ～」

俺は日本に住んでいたのでノインさんの行動を見ても、古風だなぁとは感じるが大きな違和感を覚えることはない。しかし、フィーア先生にしてみれば、ノインさんの行動は不思議らしく首を傾げていた。

俺はそんなフィーア先生を見て苦笑しつつ、後ろを振り返りながらノインさんに声をかける。

「でも、ノインさん。はぐれるといけないですし、ベルもいますから……」

ノインさんが三歩下がって歩いていると、体の大きいベルが俺の後ろを歩きづらい。

「な、なるほど……言われてみれば、確かに……で、では、失礼して」

俺の言葉を聞いたノインさんは、チラリと後方を歩くベルを見たあと、納得したように頷いて俺たちの隣に移動してきた。

桜色の髪に変わっているとはいえ、やはりノインさんは大和撫子って感じで、歩く姿もどこか品があるように感じる。

「……ノイン？　滅茶苦茶顔が赤いよ？」

「……と、殿方と並んで歩くのは初めてで……その、こ、これでは、まるで、こ、こい、恋人みたいじゃないですか……」

「う、う〜ん？」

フィーア先生が腕を組んでいる左手側とは逆、右手側に来て俺を間に挟むように隣に来たノインさんは、恥ずかしいのか顔を赤くして俯き気味に歩いている。

仕草がいちいち可愛いというか、そういう反応をされると俺まで恥ずかしくなってきてしまう。

しかし、う〜ん。現在の俺の状況はまさに両手に花、男が見たら非常に羨ましいであろうシチュエーションだ。

片やお淑やかな美人剣士、片や明るい美人女医……なかなかに勝ち組と言っていい状態で、普段の俺ならもう少し緊張していたかもしれない。

だが、いまの俺は割と落ち着いている。その最大の理由はノインさんである。

「ノインさん、その服すごく綺麗で似合ってますよ」

「ひゃっい⁉　え？　あ、あり、ありがとうございます。か、かか、快人さんも、す、素敵、で、でで……」

人は自分より遥かに緊張している相手を見ると冷静になれるものだ。まだスタート間もないにもかかわらず、このテンパり具合……らしいと言えば、非常にノインさんらしい。

「ミヤマくん、私は？　私は？」

「え？　フィーア先生は、いつもの修道服に見えるんですけど？」

「うん……実はずっとこの格好だったから、修道服以外の服がなくってねぇ。最初は参加しないつもりだったから、買う時間もなかったよ」

「なるほど……でも、いつもの服も似合ってますよ。フィーア先生らしさって言うんですかね？　そういうのが出ていて、いい感じだと思います」

「そう？　なら、安心したよ。ありがとう」

ノインさんとは対照的に、フィーア先生は照れた感じではなく、むしろとても楽しげだ。そもそも、勇者祭にすらほぼ参加していなかったフィーア先生にとって、祭りの風景というのはとても新鮮みたいで、先程から興味深そうに視線を動かしていた。

するとノインさんがふとフィーア先生の服を見て、なにかを考えるような表情になった。

「……フィーアが正規の修道女ではないのは知っていますが、男性とデ、デートするのが対外的に問題になったりはしないんですか？　修道女は神の花嫁と言いますし……」

「……花嫁？　いや、でも、神族は全員女だよ？」

「……そうでしたね。う～ん、千年以上たっても、昔の常識は簡単には抜けきらないものです」

確かに俺としても、シスターは恋愛厳禁みたいなイメージがある。たぶん宗派によっても違うだろうし、あくまで漠然としたイメージだ。

とはいえ、それはこの世界においてはまったく当てはまらない。なぜならこの世界には神が実在する上に、全員女性……こういう部分でも世界の違いってのを実感する。

まぁ、そもそも神々のトップはシロさんなわけだし、シスターの恋愛云々《うんぬん》なんてまったく興味がないだろう。

（……いま、私のことを褒めましたか？）

……び、微妙なところです。ある意味褒めたと言えなくもないかもしれません。

(もっと褒めてくれても構いませんよ。褒めると私が喜びます)

……考えておきます。

やはり異世界と言うべきか、小さな常識の違いというのはどこにでも転がっているものだ。特に宗教観なんてのは最たるものだろう。けど、そういえば……俺たちのいた世界の神様ってエデンさんだよね？　う、う〜ん——知らぬが仏である。


六王祭三日目の主催は、竜王マグナウェルさん。テーマは魔物との触れ合いということらしい。

これだけだと動物園みたいなのをイメージするが、実際はわりと普通の祭りっぽい出店も多い。

ただ、ドリンクの容器がスライム型だったり、ドラゴンのお面が売ってたりと、魔物要素は結構多い。

「あっ、ミヤマくん。ワイバーン肉の串焼きがあるよ」

「俺も一度買ったことがありますけど……ワイバーンの肉って、結構有名な食材なんですか？」

「ワイバーンは弱い魔物だけど数が多いからね。食用としてはポピュラーだね」

「そうですね。単純に味で言えばレッドドラゴンやブラックドラゴンの方が上ですが、ワイバーンは狩りやすいですからね」

俺の疑問にフィーア先生が明るい笑顔で答えてくれて、ノインさんもそれに同意する。

なお、あくまで元勇者と元魔王の感想である。一般人であるレッドベアサンド屋台のおばちゃん情報では、かなり危険な魔物だということだ。

「けど、少し意外ですね。魔物主体の祭りだから、いろいろ巨大なものが多いのかと思いましたよ」

「ミヤマくん、魔物がみんなベルちゃんみたいにおっきいわけじゃないからね？」

「言われてみれば、確かに……そういえば、今更な質問なんですけど……魔物って呼ばれる種類と、魔族って言われる種類の違いってなんなんですか？」

「簡単に言っちゃえば魔力と知識だね。一定以上の魔力と知恵を持っている魔物は、むやみに人を襲ったりはしないから魔族に分類されてるよ。まぁ、細かい基準もあるみたいだけど、その判定をしてるのはマグナウェル様の配下だから、私はそこまで詳しくは知らないね」

言ってみれば理性を持って行動できる知識と、基準以上の力があれば魔族ってことか……。

「まぁ、それほど深く考えなくてもマグナウェル様が認めたら魔族ってことでいいと思うよ」

「なるほど……」

「それにしても……長いこと見ない間に祭りの雰囲気も変わったねぇ……なんだか新鮮だよ」

フィーア先生はあまり祭りに参加したことがないらしく、あちこちにある出店を興味深そうに眺めていた。

「フィーアはずっと勇者祭にすら参加してませんでしたからね。この千年で私や快人さんのいた世界から、いろいろと伝わって変化してるんですよ」

特に俺たちの世界から伝わったであろう、たこ焼きなどの屋台に目を輝かせている。その姿はいつもの印象より幼く感じて、なんだか可愛らしい。

幸い俺がいた世界から伝わったものに関してはいろいろ教えてあげられると思うし、フィーア先生にもしっかり楽しんでもらいたいものだ。

そんなことを考えながら歩いていると、少し離れた場所で大きな歓声が聞こえた。

「……あっ、アレは私でも知ってるよ。『WANAGE』だよね！」

「……輪投げ？　輪投げってそんなに盛り上がるものでしたっけ？」

フィーア先生の言葉に首を傾げる。輪投げはもちろん俺も知っているが、大歓声が上がったりするようなものではないはずだ。

しかも、フィーア先生が視線を動かした先には、大きな競技場っぽい場所があり、とても輪投げをやっているとは思えなかった。

「……快人さん、おそらく考えていることはわかります。私も、慣れるまで時間がかかりました。先に言っておきますと、快人さんの思い浮かべている輪投げと、フィーアの言っているWANAGEは似て非なるものです。いや、正しくは、私たちの世界の輪投げが『間違った形で伝わった結果』とでも言うべきでしょうか……」

「似て非なる？　間違って伝わった……なんかすごく不安になる言い回しですね」

「あそこで行われているのは、『超エキサイティングバトルスポーツ』のWANAGEです」

「……は？」

ちょっと待ってほしい。脳が付いていかない。

厳密に輪投げがスポーツかどうかは置いておくとしても、どこにバトル要素が？　あれかな？

点数を競い合うとか、そういうことなのか？

「ＷＡＮＡＧＥは互いに十五個ずつの輪を持ち、相手のゴールに設置した棒に、輪を通すことで得点するスポーツで、互いに輪を使って攻撃や防御を行います。輪を棒に通すというのは、私たちの世界の輪投げと同じで、それを対戦型に改良したものとでも表現するのが適切ですね」

「……」

「ただ、バトルスポーツの名の通り、かなり危険です。輪から『衝撃波を放つ』のは初歩。中には『残像で相手を撹乱《かくらん》』したり『投げた輪を分裂』させたりといった上級テクニックも存在します」

「……俺の知ってる輪投げと違う……」

「気持ちは理解できます。私も初めに知った時は同じ気持ちでした。……悲しいかな、千年の間に馴染んでしまいましたが……」

う、うん。わかった……いやまるでわけはわからないけど、この世界の輪投げは俺の知ってるものとは違うことはわかった。

それで、そのＷＡＮＡＧＥという未知のスポーツがあの会場で行われているというわけか……ちょっと怖いもの見たさで、見てみたい気もする。

「たぶんあそこでは、六王祭での大会をやっているのでしょうね。口で説明するより、実際に見てみたほうがいいかもしれません。ＷＡＮＡＧＥは迫力があって、見る分にはなかなか楽しいですよ」

「わ、わかりました。行きましょう」

とりあえず百聞は一見に如《し》かずということで、ノインさんの提案に頷いて移動することにした。

歓声に導かれるようにＷＡＮＡＧＥが行われている場所に向かっていくと、途中で拡声魔法での実況が聞こえてきた。

『さぁ、次の対戦者を紹介しましょう。まずは赤コーナー！　《世界ランク十六位に入るＡ級ナゲリスト》ＷＡＮＡＧＥの有名技《カグラ》を使いこなす猛者です！　得意の《ガン＆ステイ戦法》で勝利を掴めるか！』

お～い、ようやく既存の単語を呑み込んだと思ったら、また知らない単語が増量したんだけど⁉　Ａ級ナゲリスト⁉　世界ランク⁉　マジでＷＡＮＡＧＥってなんなの……こえぇよＷＡＮＡＧＥ……。

まだ試合が始まってもいないのに、すでに実況でお腹いっぱいになりそう。

『そして、そして……青コーナーからは、ついに来た！　《世界ランク一位》！　数多《あまた》のナゲリストたちの頂点に立つ存在！　《謎の超絶美少女ナゲリスト》ナイトメアだぁぁぁ‼』

「……」

……アリスだろ、ソイツ絶対アリスだろ……お前が世界一位なのかよ⁉

全然知らない競技で、どう考えても知ってるヤツがチャンピオンとして出てきたんだけど……この言いようのない感情をどう処理すればいいんだろう？

「す、すごいですよ、フィーア！　あの、無敗の王者ナイトメアの対戦ですよ！」

「運がいいね！　公式戦以外には滅多に現れないのに……」

「……」

そして同行者ふたりのこのテンションである。なんだろうこの、酔っ払いだらけの中でひとりだけ素面《しらふ》みたいな状況……ツライ。

『おおっと、コレは！　ナイトメア選手、空を指差しています！　出ました！　予告《シューティングスター》!!　会場は大興奮です！』

「……」

「で、伝説の絶技……シューティングスター……ま、まさか見れるの？」

「大丈夫ですよフィーア！　ナイトメアが予告シューティングスターをした時は、ほぼ必ずシューティングスターで勝負を決めています！」

もはや新出の単語に驚くこともなく、俺は冷めた目でただ静かに時間が流れるのを待っていた。

＊＊＊＊＊＊＊＊＊＊

ＷＡＮＡＧＥの試合は、それはもう酷いものだった。

世界ランク一位……アリスが十五個中十個の輪っかを開始と同時に上空に放り投げ、続けて十六位の……なんか名前が長くて覚えられなかった人の攻撃を五個の輪っかで封殺。時間差で文字通り流星のように落ちてきた輪っかが、十六位の防御をすり抜けて大量得点という展開だった。

正直実況がなければなにが起ったかすらわからない展開だった。上に放り投げた輪っかが、ジグザグに機動しながら落ちてきたり、輪っかを防御する時に炸裂音みたいなのが聞こえたり……もはや完全に格闘技である。

「いや〜すごい試合だったね。さすがはナイトメアだよ」

「ええ、予告シューティングスターは、いままで世界ランク二位の『ベビーカステラ仮面』以外には破られていませんからね」

「ああ、あの戦いはすごかったね！　ついにナイトメアも初黒星かと思ったら、あそこから逆転しちゃうんだから！」

「……」

　おかしいな、なんかその二位も俺の知ってるヤツな気がする。それ、クロじゃないの？　ねぇ、クロじゃないの？

「私、ベビーカステラ仮面すごく好き。仮面で顔はわからないけど、たぶんクロム様をリスペクトしてるんじゃないかな〜って思う。だから応援してるんだけど、あんまり公式戦にも出ないよね」

「かなりの実力者でしょうし、忙しい立場なのかもしれませんね。それでもナイトメア以外には無敗で、世界ランクも二位ですからね」

「今年に入ってから、なぜか『ナイトゲーム』には出なくなっちゃったね。私は診療所が終わってからだとナイトゲームしか見られないから、最近は全然見れてないよ」

「もしかしたら所帯を持ったとかで、夜は家族と過ごしているのかもしれませんよ」

「……」

　……クロだろ？　そいつ絶対クロだろ？　夜の部に参加してないのは、毎日俺の部屋に遊びに来てるからじゃないの？

世界ランク一位がアリスで、二位がクロ？　その世界ランク……他にも知り合いがいる気がする。

「……私は世界ランク五位の『王宮帰りのマーメイド』を応援しています。顔は隠してるみたいですが、マーメイド族には親友もいるので、贔屓《ひいき》しちゃいますね」

「あ～あのナゲリストも堅実ないい戦いをするよね。ただ、時々騎士っぽい人がやってきて、途中で棄権して帰ることがあるよね？」

「王宮勤めということですから、トラブルも多いのでしょうね」

「……」

俺、その人も心当たりある……ラグナさんじゃない？　騎士が来て棄権してるのは、会議とかサボって抜け出してるからじゃないの？

というか人界最強と呼ばれているラグナさんが五位ってことは、その上にいるのは高確率で知り合いだと思う。メギドさんとかいそう。バトル大好きのメギドさんがこんな競技を見逃すわけないし……頭が痛い。

「あっ、ごめんね、ミヤマくん。ミヤマくんにはわかりにくい話題で盛り上がっちゃって」

「あ、いえ……」

「申し訳ありません。私もついつい熱くなってしまいました。WANAGEの話はここまでにして、次の場所を見に行きましょう」

「……はい」

微妙な表情になっていた俺を見て、フィーア先生とノインさんは俺がＷＡＮＡＧＥの話についていけないと思ったみたいで、気遣うように次の場所に行こうと提案してくれた。

まぁ、確かにいろいろな意味でついていけていなかった。ありがたく頷いて、いまだ熱気に包まれる会場をあとにする。

バトル自体は迫力があったんだけど……うん、なんか、変に疲れた気分だ。

＊＊＊＊＊＊＊＊＊

「けど、やっぱり魔物を連れている人が多くいるね。これだけいっぱいなのは壮観だね」

「そういえば、魔物って高いんでしたっけ？」

立ち並ぶ出店を眺めながらふたりと歩いていると、さまざまな魔物を連れた人たちを見かける。もちろん普通の動物もいるので、完全に魔物ばかりというわけではないが……。

「うん。だからそれなりに裕福じゃないと飼えないね。まぁ、六王祭に招待されてる人にお金持ちが多いってことだね」

「……なるほど、しかし、あまり魔物を見たことがない俺にとっては新鮮ですよ。見てるだけで結構楽しいです」

「だね～。おっ、ワイルドキャットだ。可愛いねぇ～」

雑談を交わしながら歩いていると、前から二ｍぐらいの大きさの猫を連れた人が歩いてきた。ワイルドキャットという魔物らしい……確かに毛もモフモフしてて可愛い。まぁ、ベルの方が数百倍は可愛いけどね！

そして、フィーア先生が軽く手を伸ばすと……ワイルドキャットは恐ろしく俊敏な動きで主人の後ろに隠れて震え出した。

「……そんなに怖がらなくてもいいじゃんか……」

「フィーアの魔力は大きいですからね。弱い魔物は特に魔力に敏感ですからね」

「……別にとって食うわけじゃないのに……はぁ」

ワイルドキャットに怖がられたフィーア先生は、ガックリと肩を落として足を進める。可愛らしいその反応に苦笑しつつあとを追う。

そして、ワイルドキャットを連れた人とすれ違ったタイミングで、ワイルドキャットは俺の方をチラリと見て……。

「にゃん」

……鼻で笑うような仕草をした。

フィーア先生とは別の意味でショックである。たぶん俺の魔力が少なかったからだろう。

「グルルルル」

その反応に俺も肩を落としかけると、後方から怒りの籠った唸り声が聞こえてきた。恐る恐る振り返ると、漆黒の角にバチバチと電気を発生させながら、ベルがワイルドキャットを威嚇していた。

片やフィーア先生を見ただけで怯えるワイルドキャット、片や伝説の魔獣と呼ばれる種族であるベル。睨みつけられたワイルドキャットは、傍目に見てもわかるほどガタガタと震え始める。

「……べ、ベル、落ち着いて、威嚇しない」

「……ガゥ」

「よしよし、俺のために怒ってくれたんだよね。ありがとう」

「クゥン」

蛇に睨まれたカエル状態だったワイルドキャットを見て、俺がベルに落ち着くように話す。そして、ワイルドキャットの飼い主に一言謝罪してから、フィーア先生とノインさんのあとを追った。

軽いトラブルはあったが、俺たち三人は順調に祭りを回っていく。次に辿り着いたのは、驚くほど大きい……牧場のように見える場所だった。

青々とした芝生が植えられ、小高い丘や花のトンネルのような場所も見える。

「……なんか、街の中っていうより郊外みたいな雰囲気ですね」

「そうだね。綺麗なところだね～」

「ガイドブックによると、ここは魔物に乗れる場所みたいですね。貸し出しもありますし、自分のペットに乗って走ってもいいみたいです」

フィーア先生とノインさんの会話を聞きながら、俺はアリスのガイドブックでこの場所の概要を確認する。

言うならば乗馬体験ができるアトラクションって感じかな？　ガイドブックを見る限りかなり広

いし、ここならベルも思いっきり走れるかもしれない。

「せっかくですし、少し遊んでいきませんか？　ここ数日散歩してあげられてないし、ベルも走りたいだろ？」

「ガゥ！」

ベルは俺を背に乗せて走るのが好きという可愛らしい一面があり、最近では散歩のコースも街の外に変更した。以前は魔物が出る危険があるということで街の外には気軽に出られなかったが、いまはアリスというチートレベルの護衛がいるのでまったく問題ない。

まぁ、もっとも……人間の街にわざわざ近付く魔物は少ないらしく、まだ散歩中に魔物と遭遇したことはない。

ともかくベルを走らせてあげたいので、ここで遊んでいこうとふたりに提案する。

するとノインさんはすぐに頷いてくれたが、フィーア先生はなにかを考えるように顎に手を当てて俯いた。

「……チャンスだよね……上手く話を持っていって……」

「フィーア先生？」

「あ、ごめんごめん。そうだね。楽しそうだし遊んでいこう！」

一瞬なにかを企んでいるような思考が伝わってきたが、それはすぐに消え、フィーア先生は笑顔で賛成の言葉を返してくれた。

「ところでさ、ミヤマくん。もしよければ、私もベルちゃんに乗ってみたいな〜」

「ベルにですか？　う〜ん」

ベルの体格を考えると三人乗ることは問題ないと思う。ただ、人を三人も乗せると、さすがのベルもバランスが取りづらくてスピードが出ないいんじゃないだろうか？

いや？　いけるか？　う〜ん、他の人を乗せたことがあまりないからよくわからないな。ジークさんと一緒に乗ったことはあるからふたりは確実にいけると思うけど……。

「ああ、もちろん一気に三人で乗ろうなんて言わないよ。それだとベルちゃんの負担が大きくなっちゃうしね。ただ、私やノインの言うことを聞いてくれるかわからないから……主人であるミヤマくんは乗ってた方がいいと思う」

「……ふむ」

「というわけで、私とノインを交代で後ろに乗せてくれないかな？」

「……なるほど、確かにそれなら大丈夫そうですね。ベルもそれでいい？」

「ガゥ！」

フィーア先生の提案は特に問題はなさそうで、ベルも了承してくれた。ならひとりはここで待ってもらって、順番に大回りに一周してみることにしよう。

「……あれ？　いつの間にか私も快人さんとふたりで乗ることになってる？　ふたりで乗るには、それなりに密着が……」

「ノインさん？」

「あっ、い、いえ！　なんでもありません！　私はあとでいいので、先にフィーアを乗せてあげてください」

「あ、はい。わかりました」

ノインさんが小声でなにかを呟いているようだったので声をかけた。声が小さくて聞きとれなかったけど、本人が問題ないって言ってるなら大丈夫かな？

「じゃあ、フィーア先生が先で、ノインさんがあとということで」

「はい！」

「了解、じゃあ、さっそく行こうよ！」

俺の言葉を聞いたフィーア先生は笑みを浮かべ、ヒョイッとベルの背に乗る。さ、さすが……俺はベルにしゃがんでもらわないと乗れないのに……。

ベルが四本の足で地面を蹴って加速していく。頬を撫でる風が強くなるが、ある程度加減はしてくれているみたいなので心地いい。

「おぉ～さすがベヒモス。かなり速いね」

「ええ、風が気持ちいいですね」

「そうだね……よっと！」

「なっ⁉」

風が前から後ろに流れているので、後ろにいるフィーア先生の声は本来なら聞き取りづらいはずだが、なにか魔法を使っているのかやけに鮮明に聞こえてきた。

まぁ、それはいいとして……フィーア先生？　なんで、俺のお腹に手を回してきてるんですか？

な、なんか、柔らかいものが背中に当たってるんですけど⁉

「フィ、フィーア先生⁉　な、なにを……」

「いや、ほら、落ちちゃうといけないからね」

「……そ、そうですか……」

いやいや、貴女《あなた》元魔王で、魔界でも有数の実力者ですよね？　どう考えても、落ちないよね？

焦る俺とは裏腹に、フィーア先生はどこか楽しげな様子でさらに強く体を密着させてくる。修道服の上からでもハッキリとわかるふたつの膨らみは、俺の背中に押し当てられ、形を変えながらその弾力を伝えてくる。

しかし、フィーア先生の攻撃……もとい、アプローチはまだ終わってはいなかった。フィーア先生はそのまま俺の肩におでこを擦りつけるような仕草をしたあと、ふっと俺の耳に向かって息を吹きかけてきた。

本当にどうやっているのかわからないが、この風の中でもその吐息はしっかりと俺の耳に届き、微かな温もりとゾクゾクとした感覚を与えてきた。

「少しの間だけど……ふたりっきりに、なれたね？　嬉しいよ」

「ッ⁉」

囁くその声は、驚くほどに色っぽく……まるで耳から顔を溶かされるんじゃないかと思うぐらいに……熱が籠っていた。

かなりの速度で走るベルの背には強めの風が吹いていて、本来なら涼しさを感じるはずである。

しかし、いまは背中だけやたら暑い。

まるで体中の神経が背中に集中してしまってるんじゃないかと思うほど、やけにハッキリと……背中に抱きつくフィーア先生の体温を感じている。

どうにも落ち着かないし、楽しそうに走るベルの上では逃げ場もない。さすが元魔王と言うべきか、俺を逃がさない非常に狡猾《こうかつ》な戦略。そもそも、魔王にバックアタックされているという時点で、すでに非常に不利な気が……いや、落ち着け、なに考えてるんだ俺は？

動揺している俺に対し、フィーア先生はたたみかけるように追撃を放ってくる。俺のお腹にまわされていた手が徐々に上に上ってきて、撫でるようにみぞおちあたりを動く。

それに合わせてフィーア先生自身も軽く上下に動き、背中に体を擦りつけるようにして押し当ててくる。

「……背中おっきいね。すごく、安心できる。やっぱり、ミヤマくんも男の子だね」

耳元でそういう男が喜ぶ台詞を言うのやめてほしいんですけど⁉　なんか、クラクラしてきた。

この人の種族なんだっけ？　実はサキュバスとかなんじゃなかろうか……色っぽすぎる。

なんか、妖艶な大人の女性にからかわれる青年、みたいなシチュエーションになってきてるんだけど……もの凄くドキドキして心臓に悪いから、なんとか話題を逸らせられないものか……。

っと、そこで俺はふとあることを思い出した。いま、ベルの背に乗っているのは俺とフィーア先生だけではないということに……。そう、俺の服の中にはリンがいる。

リンも会話に参加してもらう感じにすれば、俺の心の平静も……って、あれ？　さっきフィーア先生、俺のみぞおちあたり触ってたよね？　そのあたりにはリンの体があるはずなんだけど……。

「……え？　あれ？　リンがいない？」

「……ああ、ほら、落ちちゃうと危ないからね。私が『ノインに預けておいた』よ」

……なん……だと……？　い、いつの間に⁉　俺に気付かれないようにリンを抜き取り、ノインさんに預けてきた？　ば、馬鹿な……つまり、フィーア先生は俺がどういう行動に出るか読んでいたということか？

な、なんて恐ろしい人だ……あの時、少しの思考でここまでの展開をすべて予想……完全に俺の逃げ道を塞いできてる。

「……ねぇ、ミヤマくん。ここって広いよね？　ベルちゃんは速いけど、一周するまである程度の時間はかかるよね？」

「……そ、そそ、そうですね」

「いまのミヤマくん、すっごく可愛いよ」

「なぁっ⁉」

え？　ちょっと待って⁉　なんか、フィーア先生の手が今度は下に降りてきてない？　待って！　お願いだから、ちょっと待って⁉　なにしようとしてるの⁉

「……ねぇ、ミヤマくん？　私ってさ、ミヤマくんから見て女性としてどうかな？」

「え？　そ、そそ、それはどういう……」

「……興奮とか、してくれる？」

「そ、それは、えっと……は、はい」

「ふふ、そっか……嬉しいよ……ちゅっ」

「ッ⁉　ちょ、ちょっと⁉　フィーア先生、な、なにを⁉」

　バクバクと心臓が鳴るのを感じながら返答すると、直後に首に微かに湿ったなにかが触れた。え？　いま、首筋にキスされた？　え？　ちょっと、本当になにしてるのこの人⁉

「……ミヤマくん……『苦しそうだよ』……」

「な、なな、なに、なにが、ですか？」

「うん？　言ってほしいの？　だ〜め、恥ずかしいから……ね？」

「ど、どこ触ってるんですか⁉　フィーア先生‼」

「……大丈夫、ちゃんと認識阻害の魔法をかけてるからね」

「そういう問題じゃないですから⁉」

「ふふふ、焦ってるミヤマくん、すごく可愛い……せっかくなんだしさ、ここはお姉さんに任せてくれないかな？」

「ま、任せる⁉　だ、駄目です！　ちょっと、お願いですから落ち着いて……」

　蕩《とろ》けるような甘い声を耳元で発しながら、フィーア先生の手がさらに下に降りてくる。ヤバい、これは、かつてないほどヤバい状況……このままだと……だ、誰か助けて⁉

『……なにやっとるんじゃ、お主らは……』

窮地に立たされていた俺の下に、上空から響くような声が聞こえてきて、同時に大きな影がさす。

こ、この声は……マグナウェルさあぁぁぁん！

まさに救世主、地獄に仏とはこのことである。フィーア先生の認識阻害魔法をものともせず話しかけてきたマグナウェルさんを見て、フィーア先生の手がデンジャラスゾーンから離れていく。

「……マ、マグナウェル様……せっかく、いいところだったのに……」

『いや、フィーア……お主はもう少し加減を覚えぬか、暴走しすぎじゃろう。相変わらずと言えば相変わらずじゃが、ワシ主催の祭りで妙なことをするのはやめぬか』

「うぐっ……で、ですが、絶好のアピールチャンスで……」

『いい加減にせんと……そうじゃな《ツヴァイ》に報告するぞ？』

「ヤメテクダサイ、コロサレテシマイマス」

俺が初めて聞く名前だったが、マグナウェルさんが告げた『ツヴァイ』という名前はとてつもなく効果的だったみたいで、フィーア先生が明らかに動揺……いや、恐怖していた。

手はガタガタと震えているし、たぶんいま顔が真っ青になっているのだろう。よっぽど怖い人なのかな？

『それが嫌なら、節度をしっかりと守るように』

「は、はい、気をつけます」

『うむ、ではな』

フィーア先生との話を終え、マグナウェルさんは都市に向けて伸ばしていた首を引っ込める。相も変わらず桁違いに巨大な方だ。なにせ、俺たちに話しかけただけで、ここら辺一帯が全部影になったからね。

ともあれ、どうやら、最大の危機は去ったみたいだ……本当に危なかった。

マグナウェルさんが助けてくれなかったらと思うと、ゾッとする。まぁ、それはそれとして、フィーア先生があんなに恐れるとは、ツヴァイさんは――よほど怖い人なのだろうか？

過去最大級の危機はあったものの、そのあとは特に問題なく進み広い牧場を一周してノインさんのいる場所に戻った。

俺たちが辿り着くと、リンを抱えたノインさんが……青ざめた顔で近付いてきた。

「……お、おかえりなさい。あ、あの……先程マグナウェル様の声がここまで聞こえたのですが……ッ、ツヴァイ様がいらっしゃるんですか？」

「こ、来ないよ！　というか、来たら私逃げるからね⁉」

ノインさんの手からこちらに飛んできたリンを受け止めながら、ふたりの会話に聞き耳を立てる。

どうやら、ノインさんもツヴァイさんという方を恐れている？　マジで、どういう方なんだろう？

「あの……そのツヴァイさんという方は、怖い方なんですか？」

「……う、う～ん。怖いというか……」

ツヴァイさんがどんな方なのか気になって尋ねてみると、フィーア先生とノインさんはやや困った表情で告げる。

「ツヴァイ様は、なんというか自分にも他人にも厳しい方で……そ、その、特にクロム様の品位を貶《おとし》めるような行動を取ると、厳しく長い説教が……」

なんとなく言葉を濁しているあたり、相当怖いんだろうな……。

「ツヴァイお姉ちゃんは、六王様とアイン姉さんを除くと一番の古株でね。間違いなく、私たちの家族で一番忙しく働いてる人だよ」

「忙しく？　なにかをやってるんですか？」

「うん。クロム様も六王だからね。魔界の五分の一ほどはクロム様の土地だって認識されてる。でも、ほら、ミヤマくんも知ってると思うけどさ、クロム様って統治だとかそういうの嫌がるでしょ？」

「ですね」

クロは強大な力を持つ存在ではあるが、自分のことを誰かより格上だとは考えていない。六王として行動すべき部分では威厳を見せることもあるが、基本的に誰かの上に立つというのを好んではいない。

フィーア先生やノインさんに関しても、あくまで『家族』……対等の存在として接している。領地なんてのは、クロには一番似合わない言葉だろう。

「で、そんなクロム様に代わって、クロム様の所有する土地を統治してるのがツヴァイお姉ちゃんだよ。この広大な魔界の五分の一だからね……そりゃもの凄く忙しい立場だよ」

「なるほど……ちなみに、他の六王に関しては、土地はどうしてるんですか？」

「リリウッド様とマグナウェル様はそれぞれしっかり土地を管理してるね。メギド様は、まったく管理してないけど、配下が優秀だから、なんとかなってるみたい。アイシス様は……そもそも土地に生物がすみついてないから管理もなにもないね。シャルティア様は……まぁ、土地以前に、どこにいるかさえわからない方だからね」

「……」

……いま、俺の後ろに隠れてるけどね。

しかし、なるほど、ツヴァイさんは言ってみれば領主みたいな役割の方で、フィーア先生とノインさんの反応を見る限り、かなり厳格な人っぽい。

そう考えていると、ノインさんが微かに笑みを浮かべながら補足してくれる。

「アイン様が表立ってクロム様をサポートしているとすれば、ツヴァイ様は裏方でのサポートといった感じですね。とても頼りになる方ですよ」

「う～ん、なんか聞いただけだと真面目で働き者って感じの印象しかないんですが……ふたりは、ツヴァイさんのことが怖いんですか？」

「……怖い」

「……怖いです」

いったいなにがそんなに恐ろしいんだろうか？　そんな疑問を抱きつつ、ふたりの言葉を待つ。

「……ツヴァイ様は、とにかく厳しい方なんです。特に身だしなみ……」

「あと、説教が長い……滅茶苦茶長い。ツヴァイお姉ちゃんなりの家族優先なのか、他の予定をキャンセルして『何時間も説教』されるからね」

「は、はぁ……」

「初めてお会いした時、私は緊張していたからか全身甲冑の状態で挨拶したんです。そうしたら……」

「そうしたら？」

「侵入者と間違われて、甲冑を素手で粉々にされた上に、正座させられて説教三時間コースでした。もの凄く怖かったです」

「……」

「あ～私も、この前千年ぶりに家に帰った時に捕まってさ……ボコボコにされた上で、五時間説教されたよ……感動とは別の意味で泣かされたよ」

……こ、怖っ⁉　よくわかった、なるほど……ツヴァイさんは鬼教師みたいなタイプってことかな？　正直かなり苦手なタイプだ。俺結構だらしないから、会ったら滅茶苦茶説教されそう。

「まぁ、ツヴァイお姉ちゃんなりに私たちのことを心配して怒ってくれてるのはわかるんだよ」

「ええ、それだけ大切に思われているということですから、ありがたく感じています」

「「でも……あの、説教の長さは……ちょっと……」」

確かに正座して数時間の説教とか、考えただけでも恐ろしい。今後会う機会もあるんだろうか？お、怒られないといいな……。

＊＊＊＊＊＊＊＊＊＊＊

機能性を重視した執務室の中で、ひとりの女性が机に座り山のような書類を処理していた。

ペンを持つ女性の手は淀みなく動き、尋常ではない量の書類を瞬く間に消化していく。

数十分で机に積まれた書類の山をすべて片付けた女性は、ペンを置いて独り言を呟いた。

「……順調、ですね。権力者の多くが六王祭に参加しているお陰で、スケジュールには余裕がありますしね」

そこまで口にしたところで、女性は机の引き出しを開け、高級感漂う黒塗りのカードを取り出した。そして、それを大切そうに両手で持ち、口元に小さく笑みを作りながらそれを見つめる。

「六王祭……間違いなく、『あの方』も参加しているはず。叶うのなら、一目見たい……足を運んでみますか……」

小さな声でそう溢《こぼ》したあと、女性は手に持っていたカードを引き出しに戻してから、書類の山を軽々と抱えて執務室をあとにした。

普段は感情を表に出さない女性が、英雄に憧れる少女のように眺めていたそのカードに……『ミヤマカイト愛好会・会員№８』という金文字が記されていたことを、当の本人はまだ知らない。

第二章　ツヴァイ

フィーア先生の次は、ノインさんを後ろに乗せての一周になる。ベルにとっては連続走行なので、疲れてないかと心配したが……まったく問題はなさそうだった。

まぁ、最近のベルの散歩はシンフォニア王都の外周を一周しているし、距離的にはまだまだ大丈夫だろう。

今度はフィーア先生がリンのことを預かってくれると言っていたので、ベルがいるとはいえ、またふたりっきりな感じだ。

ノインさんに預けた時のように気付かれずに抜き取るわけではないので、てっきりリンがごねるかと思ったのだが……意外にもリンはアッサリとフィーア先生の腕に収まった。

よくはわからないが、多くの魔物を配下にしていたフィーア先生は、魔物の言葉がある程度わかるみたいなので、それで懐いているのかもしれない。

フィーア先生もフィーア先生で、自分を怖がらないリンを気に入ったのか、楽しそうに会話をしていた。

そういうわけで、現在俺とノインさんはふたりでベルの背に乗り走っているわけだが、やはりここでも性格の違いというのは顕著に現れる。

ガッツリと密着してきたフィーア先生とは違い、ノインさんは俺と少し間を開けて座り、片手を俺の肩に置くことでバランスをとっている。控えめなノインさんらしい感じだ。

「そういえば、ノインさん。さっきの話の続きになりますけど……ツヴァイさんって、やっぱりすごく強い方なんですか？」

「ええ、六王様とアイン様に次ぐぐらいですね」

ベルに乗る前にフィーア先生が魔法をかけてくれたお陰で、強い風の中でもノインさんの声はよく聞こえる。

「ツヴァイ様の持つ力の中で、一番強力なのは『力場操作』でしょうね」

「力場操作？」

「ええ、ツヴァイ様は『引力、斥力、重力』を自在に操れるので、力の足らぬ者は近付くことすらできません」

「なるほど、聞いただけでも本当に強いのが伝わってきました」

さすがと言うべきかなんと言うべきか、かなり中二心をくすぐられるチート能力だ。俺もそんな能力を使ってみたいものだ……まぁ、使いこなせないのがオチだろうけど……。

しかし、うん。結構クロの家族の力関係がわかってきた。頂点にクロ、次いでアインさんと六王たち……そして、その次にいるのがツヴァイさんみたいだ。

六王たちが独立している現在では、ツヴァイさんがNo.３ってところかな？

「……ちなみに、ツヴァイ様の次に強いのはフュンフ様かフィーアですね」

「そうなんですか？」

「ええ､ふたりとも伯爵級の中でも最上位の存在ですからね。私が昔フィーアに勝てたのは、フィーアのコンディションが最悪な上、心強い仲間がいたからです。万全の状態で一対一なら、歯がたちませんよ」

「ふむふむ……じゃあ、フィーア先生の次に強いのがノインさんって感じですか？」

かつて勇者と魔王という形で戦った時はノインさんが勝利したが、純粋な戦闘力という点ではフィーア先生の方が上らしい。

とはいえ、ノインさんだって相当強いはず……クロノアさんの力を借りたリリアさんですら敵《かな》わなかった。俺は戦いには詳しくないが、それでもノインさんが世界でも屈指の実力者だとはわかっている。

なので、次に強いのはノインさんかと尋ねてみると、返ってきたのは信じられない返答だった。

「……いいえ、次に強いのは『ラズ様』ですね」

「えっ⁉　ラ、ラズさん⁉」

「ええ、意外でしょうけど事実です。ラズ様はとても強い方ですよ」

ここでまさかのラズさん……。小さく愛くるしい彼女が、そこまでの強者《つわもの》だというイメージは……正直言って、まったくない。

幼い性格もそうだが、あまりにも小さな体だからだろうか？　どうしても、ラズさんがノインさんより強い姿が想像できない。

そんな俺の反応は予想通りだったのか、ノインさんは軽く苦笑しながら言葉を続ける。

「ラズ様は『限定的な因果律への干渉』ができるんですよ」

「へ？　え、え〜と……」

「簡単に言えば、ラズ様の矢は基本的に『必中』です。どこに向けて放とうと、ラズ様が狙った対象に必ず当たります。まぁ、フェイト様や六王様のように因果律に干渉できる方々は例外ですが……」

「……必ず当たる矢、確かに恐ろしいですね」

「はい。とは言っても、対処法もあります。ラズ様が確定できるのは『対象に必ず当たる』という部分だけで、対象の『どこに当たるか』までは確定できません。身に着けた武具も対象の一部と扱うみたいなので、剣や盾にワザと当てれば防げます」

　話を聞いていてラズさんがすごいというのは理解できたが、それでも本当にノインさんより強いんだろうかという疑問は消えない。

　ノインさんはラズさんの能力への対応策も持っているみたいだし、戦えば勝てるんじゃないだろうか？

「……ラズ様の本当の強さは必中の矢ではありません。その『射程』です」

「……射程？」

「ええ、コレも簡単に言いましょう。ラズ様の弓矢の射程は……『魔界全域』と言っていいほど広域です」

「……へ？」

「例えば、先日の戦いにおいてラズ様が本気で私を殺そうとしたのなら……海を隔てたハイドラ王国あたりから、必中の矢を放ち続ければそれで終わりました。ラズ様の矢はまったく速度が落ちない特性もある上、何日でも連射を続けられるほど魔力消費は少ないそうですからね。いずれ私は矢のだるまになるでしょう」

な、なるほど……ラズさんの真の強さは、十分わかった。そんな長射程から延々必中の矢を放ち続けられるって、そりゃ反則級の強さだよ。

「……まぁ、快人さんもご存じの通りラズ様は優しい方ですから……一方的な殺戮《さつりく》みたいな戦術はとらないでしょう。というか、そもそも戦闘という行為自体を好んではいません。なので、怖がらないであげてください」

「……大丈夫ですよ。ラズさんのことをすごいとは思いましたが、怖いとは思っていませんから……ノインさんの言う通り、ラズさんは優しい方ですからね」

「……はい」

ノインさんにクロの家族について教えてもらったあと、俺たちの間には少し沈黙が訪れた。特に気まずいというわけではないが、なんとなく落ち着かない気分だ。

俺は少し頭の中で考えたあと、後ろにいるノインさんに声をかける。

「……ノインさんって、どんな食べ物が好きですか？」

「……え？　どうしたんですか、急に……」

「ああ、いえ、なんとなくですけど……俺ってノインさんのこと、漠然としか知らないな〜って

「……明確な理由があるわけじゃないですけど、なんとなく、ノインさんのことをもっと知りたいんです」

「ふぇっ⁉」

意外といままで、ノインさんとふたりきりで会話した回数は少ない。もちろん俺はノインさんを大切な友人だと思っているし、ある程度は知っている。

しかし、フィーア先生との会話もそうだが、ラグナさんやフォルスさんと話していると、ノインさんのことを全然知らないのだと実感した。

……だから、だろうか？　ふと、ノインさんのことをもっと知りたいと思った。

ノインさんは俺の突然の言葉に戸惑ったような声を上げたが、少しすると質問の答えを返してくれた。

「……あんみつ、ですね」

「あんみつですか。俺、あんみつってあまり食べたことがないんですけど、この世界にもあるんですか？」

「ええ、あります。その、よく作って食べてます……快人さんは、なにがお好きですか？」

「俺は、ハンバーグとアップルパイですね」

そういえば、前に遊びに行った時に「あんみつ大好き」とか独り言を言っていたような……いや、あの一件はノインさんにとって恥でしかないだろうし、蒸し返すつもりはないが。

とりあえず、ノインさんはあんみつ好き、ということは、しっかりと覚えておこう。ついでに、クロの食べ歩きブックであんみつ出してる店を確認しておこう。

ノインさんには以前米をいただいたという、とてつもなく大きな恩があるので、機会があれば俺の奢《おご》りであんみつを食べに行くのもいいかもしれない。

「では、続けて月並みですが……ノインさんの趣味ってなんですか？」

「そうですね……将棋を嗜《たしな》みます。快人さんは将棋を指したことはありますか？」

「え、ええ、まぁ……」

「機会があれば、一局打ちませんか？」

「……構いませんが、覚悟しておいてくださいね。俺と将棋を指したら、ノインさんは『アリスと同じ絶望』を味わうことになりますよ……」

「……なるほど、自信ありということですね。望むところです。私も棋力には少々自信があります……相手にとって不足はありません！」

……残念ながら、不足はありまくるんだよなぁ……。

「いえ、ノインさんの考えているのとは逆です。俺と対局した場合……ノインさんは、俺のあまりの弱さに絶望しますよ」

「……え？」

アリスは絶望したからね。匙《さじ》投げて二度と将棋で遊ぼうとは言わなくなったからね。い、いや、でも、待てよ？　もしかしたら、以前アリスと対局した時のアレは……俺が弱いのではなくて、アリスが強すぎるだけだったんじゃないだろうか？

うん、その可能性は非常に高い。なにせ、アリスは性格はともかく超万能だし頭もいいし、たぶん将棋の腕もヤバいレベルなんだろう。

それを考えると、そこそこ善戦した……ような気がする俺は、まぁまぁ強いのではないだろうか？

「いえ、なんでもありません。ええ、機会があれば是非……」

「……は、はい」

ちょっと微妙な空気になってしまったのを感じて、俺は少し焦りながら話題を切り替えることにした。

「は、話は変わりますけど！　ノインさんの今日の服、とても可愛いですね」

「へ？」

「ノインさんは元がすごく綺麗なので、洋服も似合いますし……清楚って言うんですかね。落ち着いた女性らしさが、すごくノインさんらしくていいですよね！」

「え？　ええ!?　か、快人さん……な、なにを……あの、その……」

あれ？　俺なに言ってるんだ？　ノインさんを元気付けようと思ったせいか、なんだか歯の浮くような台詞が次々と……。

まぁ、口はよく動いてるし、このまま勢いで……。

「さ、桜色の髪も似合ってますよ。というか、ノインさんは美人なのでどんな髪の色も似合いますね！」

「はぇっ!?」

「そんな素敵なノインさんとふたりきりで、話ができて俺は幸せ者ですよ」

「みゃぁっ⁉　な、なんで、急にそ、そそ、そんな……こきょ、こころの準備が……」

……うん。駄目だ、失敗した。やっぱり勢いに身を任せるとロクな結果にならない。なんか元気付けてるというより、口説いてるみたいな感じになっちゃった。

コレは駄目だ。ただでさえ恥ずかしがり屋のノインさんに、こんなことを言ってしまってはテンパってしまうだろう。早急に軌道修正を……。

「す、すみません！　変なことを言ってしま――え？」

勢いでとんでもないことを言ってしまったことを謝罪しようと俺が振り返るのと、後方で「ドサッ」という音が聞こえたのはほぼ同時だった。

もちろん、この状況においてその音がなにかと言えば……。

「ノ、ノインさん⁉　ベル、ストップ！　ストォォォォップ‼　ノインさんが落ちた‼」

「グル？」

コレは完全に俺の失態。なんというか、妙な流れになってしまった。テンパってたのは、俺の方だった。昨日の逆プロポーズみたいなこともあって、自分では気付かなかったけど……俺はノインさんとふたりっきりというシチュエーションに――かなり緊張していたみたいだ。

＊　＊　＊　＊　＊　＊　＊　＊　＊　＊

……火種というのは、本当にどこにでも転がっている。些細なことから対立するというのも、友人間であればそれなりに起りうる出来事と言えるだろう。

そう、それが起ったのは昼食を食べ終えたタイミングだった。

ガイドブックを片手に三人で相談し、ワイバーン肉を使った料理を出す店にやってきた。ワイバーン肉は超が付くほどではないが、それなりに高級肉であり値段もそこそこだ。

しかし、庶民でも少しがんばれば手が届くレベルなので、かなり人気はあるらしい。以前食べたレッドドラゴンの肉を最高級Ａ５ランクの牛肉だとするなら、ワイバーン肉はブランド牛ではない国産牛といった感じだろう。

ベルとリンもいる……特にベルがいっぱい食べるので、質より量の選択って感じだ。

例によって例の如く用意されていたＶＩＰ席で食事を終え、やはり無料にしてもらうのは気が引けるので、ちゃんと支払おうと席を立ちかけたタイミングでそれは起った。

「あっ、ミヤマくん。ここは私が出すよ」

「え？　いえ、大丈夫です。ここは俺が奢りますよ」

「……」

「……」

その瞬間、俺の頭の中では戦闘開始のゴングが聞こえていた。おそらく、俺と同じタイプであるフィーア先生もそうだろう。

こうして、俺とフィーア先生の熾烈な戦いが幕を開けた。

「……仮にも男ですから、俺もこういった席ではカッコつけたいんですよ。男の矜持《きょうじ》ってやつですね」

まずは俺の先制……男としてのプライドを軸としたジャブで攻める。非常に使い古された典型的な文言ではあるが、だからこそ積み上げられた確かな実績がある。

そんな俺の言葉に対して、フィーア先生は慌てることなく微笑《ほほえ》みを浮かべながら口を開いた。

「……いやいや、ほら、こういう時は年長者が出すものだよ」

フィーア先生も俺と同じく、非常に定番の文言でジャブを返してくる。さすが、フィーア先生と言うべきか……自分の持ちうるカードを把握して、俺の攻撃に合わせたものを切ってくる。やはり、手強《てごわ》い……。

「いや、ほら、一番たくさん食べたのはベルですし……それをフィーア先生に払っていただくのは申し訳ないです。ここは、飼い主の俺が払いますよ」

ここで俺は切り口を変える。この昼食においてもっとも大量の食材を食べたのはベル。つまりベルの分の食費が一番大きいことになる。故に、飼い主という立場を使うことで、断りにくい効果的な攻めが完成する。

いわば、ジャブで牽制してからのストレート……さあ、どうする？　フィーア先生。

「……この前の件でさ、ミヤマくんにはいっぱい助けてもらったからね。こういう形でしかお礼できないのは情けないけど、ちょっとでも恩を返したいんだ」

「ぐっ……」

こ、ここで、それを出してきたか……恩を返すというのは、非常にパワーのある言葉だ。おそらく、フィーア先生が持ちうる中でも最強格の一撃だろう。

これには生半可な反撃では通用しない。仮に俺が「見返りを求めていたわけじゃない」と返したとしても「それでも、私が救われたのは事実だよ」と切り返される。

金銭面での優位さを訴えたところで、だいたいの言葉は「それでもお礼がしたいんだ」という一言で切り返され、俺は防戦を強いられることになるだろう。

くそぅ……手強い⁉

「……それを言うなら、俺の方こそいつもフィーア先生には助けられています。いろいろなことを教えてもらったりもしましたし、リリアさんとふたりで旅行するきっかけを作っていただいたのも感謝しています」

ここは、同じように恩があるという形で切り返すしかないが……フィーア先生の言葉ほどはパワーがない。カウンター狙いの防御といった感じだ。

これで、この戦いの方向性は決まったと言ってもいいだろう。フィーア先生の攻めをしのぎ切れば、俺にも勝機はある。しかし、押し切られれば負け……。

「ミヤマくんがそう思ってくれてるのは、すごく嬉しいよ。けど、やっぱりそれ以上に……クロム様と和解させてもらえたってのは、私にとって大きなことなんだ」

「俺はきっかけを作っただけですよ。クロと和解できたのはフィーア先生自身の力です。俺にできたことなんて、本当に小さなことですよ」

「そうかもしれない。でも、私はその小さなきっかけ作りをずっとできなかった……だからこそ、それをしてくれたミヤマくんには、言葉では表せないほどの感謝の気持ちがあるんだ」

「俺は自分のしたいことをしただけです。俺のワガママみたいなものですし、見返りを求めていたわけじゃないんですよ」

「……でも、そのワガママで私が救われた事実は変わらないよ」

「くっ……」

薄氷の上を歩くようなギリギリの戦い……しかし、やはり、俺の不利は明らかだ。完全に押されており、先程厳しいと切り捨てた返答を使ってしまう事態にまで追い込まれた。

フィーア先生の口元に、ニヤリと笑みが浮かぶ……駄目だ。この状況を打破するカードがない⁉ 押し切られる……。

「はい、丁度いただきます。ありがとうございました！」

「「……へ？」」

「……ふたりとも、いつまでやってるんですか？　もう支払いは終えましたから、出ましょう」

「「え？」」

……伏兵。ここで、まさかの第三勢力による伏兵である。

俺とフィーア先生が戦いを繰り広げている間に、さっさと会計を済ませたノインさんが呆れた表情で声をかけてきた。

「ここは、私の奢りです」

「……あ、はい。ご、ご馳走様でした」

すでに支払いを済ませている以上、俺とフィーア先生の敗北である。コレはどうあがいても覆せない……俺とフィーア先生はガックリと肩を落としながら、ノインさんへお礼の言葉を述べた。

ノインさんが店の外に向かって歩いていく後ろ姿を見つめたあと、視線を動かすと……フィーア先生と目が合った。

「……引き分け……だね」

「ええ。次は、負けませんよ」

「私だって……」

「……ふふ」

「……あはは」

気付けば、俺とフィーア先生は固い握手を交わしていた。互いに互いを好敵手と認めたからこそ、尊重し称え合うように笑みを浮かべる。

そこには、刃を交えたものにしかわからない……確かな絆があった。

以前に思った通り、フィーア先生は俺と同じタイプ……それも、相当の実力者だった。戦局は俺に不利な形で進行していたが、最終的に俺とフィーア先生の初対決は――引き分けに終わった。

昼食を終えたあとは、腹ごなしも兼ねてのんびりと祭りを見て回る。今日の祭りは大型の魔物などもペットとして参加できるからか、通りは非常に大きく作られていてベルを連れて歩いても結構余裕があっていい感じだ。

リンは、お腹が膨れておねむタイムに入ったみたいで、俺の服に潜り込んだまま、すやすやと寝息を立てている。なんとも器用な寝方だ。

そのままのんびりと、特に目的も持たずに祭りを見て回っていると、ふとフィーア先生がなにかに気付いた様子で足を止め、顔を右に動かして呟いた。

「……あれって、ルーちゃんたちじゃない？」

「え？　いや、距離が遠くてよく見えないです」

「確かにリリア公爵方ですね。なにか、悩んでいるように見えます」

……いや、フィーア先生とノインさんには見えているかもしれないけど、俺には遠くに白い山みたいなものが見えて、その麓にたくさんの人が集まっていることしかわからない。

「う～ん。なにかの縁だし、ちょっと声かけていこうよ」

「賛成です」

「俺も……どこにいるのかまだ見えないですけど、賛成です」

ノインさんが告げた「悩んでいるように見える」というのも気になり、フィーア先生の提案に賛成する。そして俺たちは、進路を右に変え、リリアさんたちがいる……らしき場所に向かう。

だんだんと距離が近付いてくると、俺にもようやくリリアさんたちの姿が見えてきた。

リリアさん、ルナマリアさん、ジークさんの三人が、白い山……十cm四方くらいの箱が、文字通り山のように積み上げられたナニカの前にいる。

ノインさんが言った通り、三人はなにやら真剣な表情で話し合っていた。

さらに距離を近付けると、三人が話している内容が少しだけ聞こえてきた。

「私は、攻めるべきだと思いますが……」

「ルナ、無責任ですよ。確かにリターンは大きいですが……リスクも……ですよね？　ジーク」

「……はい。悩みどころです」

ハッキリと姿が見えるぐらいには近付いたはずだが、三人はよほど真剣に相談しているのか、こちらに気付いた様子はない。

なんというか、真剣すぎて声をかけづらいな……。

「お～い、ルーちゃん、リリアちゃん、ジークちゃん」

「「「フィーア先生⁉」」」

俺がそんなことを考えているうちに、フィーア先生が一切躊躇《ちゅうちょ》なく切り込み、三人は驚いた様子でこちらを振り向いた。

「こんなところで会うなんて、奇遇だね。なにか真剣な顔で相談してたみたいだけど、どうしたの？」

さすがフィーア先生……コミュ力高い。俺も最近結構コミュ力ついてきたと思ってたけど、こういう軽快な切り込みを目の当たりにすると、まだまだだと思い知らされる。

明るい笑顔で告げるフィーア先生の言葉を聞き、リリアさんたちはほぼ同時に後ろにある白い箱の山を指し示した。

「……うん？　なになに……『六王祭限定魔物くじ　一回・金貨一枚』？」

「ええ、コレをジークが引くかどうかで……」

フィーア先生が白い箱の山の前にある看板を読むと、リリアさんが説明を始めた。

魔物くじ……ああ、なるほど、あの白い箱はランダムボックスと同じで、使い捨てのマジックボックスなのか！　にしても、とんでもない数……数千個、いや数万個はあるんじゃないか、これ？

しかも一回百万円ときたか……なんて高いガチャだ。

「ジークちゃんが？」

「実はジークは魔物を飼いたいみたいで……」

「ええ、ですが……ジークが可愛いと思う魔物はどれも予算オーバー……。お嬢様がお金を貸すとも言ったんですが、ジークはできれば自分のお金で買いたいらしいんです」

リリアさんの説明をルナマリアさんが補足する。今朝会った時に、魔物を買うと意気込んでいたジークさんだが、どうやら魔物の値段が高くてなかなか手が出ないでいるみたいだ。

「……それで、探し回っているうちに偶然見つけたのがコレなんです」

「魔物くじ……引けばランダムに魔物が当たるってことですか？」

「ええ、正確には……『魔物の卵』が当たります」

ジークさんが悩むような表情で呟いたので尋ねてみると、意外な言葉が返ってきた。

「え？　でも、確か卵って高いんじゃ……」

「はい、その通りです……だから、ですかね？　この魔物くじには……外れがとても多いんです」

「外れ？　ですか？」

「魔物の卵ではなく、飼育道具だったり模型だったり……卵が当たる確率は一割ほどらしいです」

「ふむ……」

ジークさんの説明を聞き、俺は納得して頷く。ガチャと考えれば一割は良心的な気もするが、一回引くのに金貨一枚と考えると、かなり高い買い物……ジークさんの用意したお金では、三回ほどしか引けない。

するとそこで、ここまで会話に参加していなかったノインさんが白い箱の山を見つめながら口を開いた。

「……くじ、というからには……当たりはかなりいい魔物ということですか？」

「はい、なんと……特賞は竜種の中で最も美しいと言われる『レインボードラゴン』なんです！」

「えぇぇ!? レ、レインボードラゴン？ す、すごいね……」

「ええ、しかも一等も『ブラックメタルドラゴン』ですし、二等は『グラップテール』です！」

「……さすが、マグナウェル様主催の祭りですね」

……うん、リリアさんが興奮しながら話しているということは、相当すごい魔物なんだろう。フィーア先生とノインさんも驚いてる。でも、よく知らない俺にはいまいちすごさが伝わってこない。

すると、そのタイミングでルナマリアさんが俺の様子を察したのか、近付いてきた。

「レインボードラゴンは、とにかく希少な竜種です。現存する個体は『世界に五体ほど』と言われており、桁外れに高価です……まず売りに出ることはありませんが、出れば『白金貨千枚』は軽く越えるでしょうね」

「そ、そんなに……」

「レインボードラゴンの尻尾には『至高の宝石』と呼ばれる『レインボーダイヤモンド』が生成されます。採取しても一年ほどで再び生成されるので……白金貨千枚ならすぐに取り戻せるでしょうね」

「な、なるほど……」

「正直、私も驚いています……レインボードラゴンの卵……希少なんてレベルではありませんよ」

う～む、どうやら相当すごい賞品らしい。だから、こんなにたくさんの人が挑戦してるのか……どこの世界でも、ガチャというのは闇が深いものだ。

そんなことを考えていると、リリアさんとジークさんは再び困ったような表情を浮かべる。

「……当たりを引ければ、ジークの予算でも……それこそ竜種を手に入れるのも不可能ではありません。ですが、外れると……」

「う～ん。確かに悩みどころだよね。もの凄い数だし……『よっぽど運がよくないと』……あれ？」

「「「……運？」」」

「……へ？」

フィーア先生が難しい表情で呟いた直後……全員の視線が俺に集中した。

「……どう思います？　ルナ」

「ミヤマ様の運は人外のレベルだと認識しています」

「たしかに、ミヤマくんなら……勝算あるよね？」

「ええ、私も快人さんならいけるのではないかと……」

「……え？　いや、えっと……」

あれ？　これ、もしかして……いや、もしかしなくても俺が代わりに引くパターン？　い、いやいや、さすがにプレッシャーが大きすぎる⁉　だって、外れだったらジークさんの夢を壊しちゃうわけだし……。

俺が戸惑っていると、ジークさんが俺の前に来て、金貨を三枚差し出しながら深く頭を下げてきた。

「……お願いします。カイトさん……私に……力を貸してください」

「……マ、マカセテクダサイ」

……可愛い彼女の願いである。ここで応えないのは男が廃る。う、うん。最悪外れたら……自腹を切って追加で引こう。

目の前にそびえ立つ小さな箱の山……これ、崩れたら雪崩が起きそうだけど、その辺は大丈夫なんだろうか？　いや、まぁ、そこは六王祭だし魔法的なアレコレで保護されているのかな？

さて、この手のくじというのはどうも穿《うが》った見方をしてしまう。この巨大な山の一番中心とか、手が届かない位置にある箱が当たりなんじゃないかと……。

しかし、どうもこの魔物くじはマグナウェルさんが監修しているらしく、配置は完全にランダムらしい。

となると、誰でも特賞を手に入れられる可能性があるわけだが……まぁ、数万……あるいは数十万の中で、特賞はたったの一個。まず当らないだろう。

俺が狙うのはこの山の中の一割……魔物の卵が入っているもの。できればジークさんが喜んでくれるものを引きたいが……。

リリアさんたちの視線を背負いつつ、俺は箱の山に近付く。完全にランダムで、箱の重量もランダムボックスなので変わらない。となれば、選んで取るという行為は無意味だろう。

こういう時は余計なことは考えずに、適当に……よし、コレだ！

とりあえずひとつだけ箱を取り、箱の山を囲むように配置されている係の人に箱を見せる。係の人が手に持っていた魔法具らしきものを俺に向けると、そこに『1』と表示された。

たぶん、不正防止用の魔法具だろう。このランダムボックスの反応を検知して個数を調べる感じかな？　ともかく俺は金貨一枚を係の人に手渡してから、リリアさんたちのいる場所へ向かう。

ジークさんの予算は金貨三枚……つまりくじは三回ほど引けることになるのだが、卵が三つ当たったりしても困るだろうし、ひとつずつ持っていって中身を確かめるつもりだ。

希望的観測だが、この一個で魔物の卵が当たれば、金貨二枚は手元に残るわけだし、飼育費用を考えるとその方がいいだろう。

「……お待たせしました。どうぞ、ジークさん」

「は、はい」

俺の差し出したランダムボックスを緊張した様子で受け取ってから、ジークさんは目を閉じて深呼吸をする。

　最近金銭感覚が麻痺しつつあるが、金貨一枚というのはジークさんにとってかなりの大金だ。いつか魔物を飼うことを夢見て、コツコツと貯め続けていたのだから、その緊張は当然のものと言える。

「で、では、開けます」

　十秒ほど深呼吸をしたあと、ジークさんは周囲を見回し、リリアさんたちが頷くのを確認してから、ランダムボックスを地面に置いて、軽く手で触れた。

　すると眩《まぶ》しい光がランダムボックスから放たれ、それが収まると……そこには一ｍほどの巨大な卵が現れていた。

「お嬢様！　これは……」

「ええ、このサイズは間違いありません！　『大型種』です！」

　ルナマリアさんとリリアさんが興奮気味に告げる言葉を聞くと、どうやらこの魔物の卵は大型種のものらしい。魔物は基本的に小型種より大型種の方が高い。

　ちなみに、竜種はほとんど大型種に分類されるので、この卵はドラゴンの可能性もある……リリアさんが興奮するのも無理はない。

「カイトさん、ありがとうございます！　本当に、ありがとうございます!!　このお礼は必ず」

「い、いえ、気にしないでください」

　俺はむしろ、魔物の卵が引けたことにホッとしていた。あとは、ジークさんが気に入ってくれる魔物が生まれるかどうか……。

「で、では、続けて……『孵化《ふか》』させますね」

「え？　孵化？　そんなにすぐに孵化するんですか？」

「あっ、そっか、ミヤマくんは知らないよね。魔物の卵っていうのは少し特殊で、魔力を注ぐことで孵化するんだよ。そして、魔力を注いだ相手を親って認識するんだ。ちなみに、魔法が使えない人のために、孵化用魔法具なんてのもあるよ」

「……なるほど」

「まぁ、ベルちゃん……ベヒモスみたいに、卵生じゃない種類もいるけどね」

首を傾げた俺にフィーア先生がわかりやすく説明をしてくれる。魔力を注いだ相手を親と認識する……なるほど、だから魔物の卵は育てやすくて人気なのか……。

俺が納得して頷くと、それを確認したジークさんが卵に触れる。リリアさんたちだけでなく、周囲の注目も集まる中で、ジークさんの魔力が注がれた卵は何度か発光し、殻にヒビが入り始める。

そしてしばらくすると、中から七十㎝ほどの『ドラゴン』が顔を出し、ゆっくりと翼を広げた。

まるで夜空のような黒い体にエメラルドの如く輝くたてがみ……広げた翼は、濃く深い『虹色』で……黒い体と相まって、夜空に輝くオーロラのようにも見えた。

……これ、もしかして……。

「お、おお、お嬢様⁉　こ、ここ、これは、まさか⁉」

「え、ええ……いえ、私も希少すぎて本物を見たことはないのですが……文献では、レインボードラゴンは『虹色の翼』を持つドラゴンだと……」

やっぱり、これって特賞のレインボードラゴン!?　マ、マジで……。

「……違う」

「「「「え？」」」」

ルナマリアさんとリリアさんの言葉を聞いてレインボードラゴンが当たったのかと思っていたが、直後にフィーア先生が真剣な表情で違うと呟いた。

「……え？　フィーア先生……俺はよく知らないんですけど、これって、レインボードラゴンじゃないんですか？」

「……い、いや、レインボードラゴンなのは間違いないよ。だけど、その……普通レインボードラゴンって『白い体』をしてるんだよ。それに翼膜の色合いもここまで濃くハッキリとはしてなかった……」

「……つ、つまり？」

「……たぶん、だけど……『いまだかつて一度も確認されてないレインボードラゴンの特殊個体』だこの子……」

「「「「えぇぇぇぇ!?」」」」

史上初のレインボードラゴンの特殊個体……まさかそんなものが登場するとは思っておらず、フィーア先生の言葉を聞いた俺たちは完全に硬直していた。

そんな中で、レインボードラゴンは卵から出たあと、ゆっくりとジークさんに近付いていく。

その動きを見て我に返ったジークさんが、そっと手を伸ばすと、レインボードラゴンはその手に顔を擦りつけるように甘え始める。

「……か、可愛い……」

どうやらジークさんの中では、驚きよりもレインボードラゴンの可愛らしさが勝ったらしく、顔中の筋肉がゆるみきったような笑みを浮かべてレインボードラゴンを抱き上げる。

レインボードラゴンは特に抵抗することもなく、大人しくジークさんに抱きかかえられた。

「……全然鳴きませんね」

「レインボードラゴンは元々、すごく大人しくて滅多に鳴かないし、危害を加えない限り暴れたりもしないよ。だからこそ、レインボーダイヤモンドの採取ができるんだよ」

俺の呟きにフィーア先生が説明を返してくれ、徐々にリリアさんたちも驚愕から立ち直り始めてきた。

「ジーク……その子、お腹が空いているのでは?」

「あっ、そうですね……えっと、フィーア先生、レインボードラゴンはなにを食べるんでしょうか？」

「雑食だから、基本的になんでも食べるよ」

リリアさんの言葉を聞き、ジークさんはフィーア先生に質問をしつつ、予《あらかじ》め用意していたであろう食材を取り出す。

そしてそれを手に持ってレインボードラゴンに近付けると、レインボードラゴンは首を伸ばして食べ始める。

「……可愛いぃ……」

どうやらレインボードラゴンの容姿はお気に召してくれたらしい。ジークさんが嬉しそうでなによりである。

「あの、皆さん……この場を離れた方が、いいのでは？」

っと、そこでノインさんがやや焦った様子でそう告げ、俺たちが周囲を見回すと……とんでもない数の人が集まり、こちらにギラギラとした目を向けていた。

史上初のレインボードラゴン特殊個体……正直その価値は計り知れないだろう。となれば当然、譲ってくれとかそんな交渉をしようとしてくる輩《やから》も……。

厄介なことになりそうだ。逃げられるか？　いざとなれば、転移魔法具で……。

『ほぅ、ワシもレインボードラゴンの特殊個体は、初めて見るのぅ』

するとそんな空気を押し潰すように、重く威厳のある声が響いてきた。その声の主はもちろん、竜種の王……マグナウェルさんだ。

『レインボードラゴンの主となった少女よ……名は？』

「え？　あっ……ジ、ジークリンデと申します！」

『うむ、覚えておこう。竜種はすべてワシの眷族……健やかに育つことを願う』

「は、はい！　大切に育てます！」

『うむ……希少だという理由でレインボードラゴンを狙ったり、生まれる宝石を寄こせなどと言ったりして、お主に迷惑をかけ、ワシの逆鱗に触れる愚か者は……まずおらんじゃろう。安心して育てるがよい』

「はい！」

なるほど、マグナウウェルさんは牽制のために声をかけてくれたのか。

レインボードラゴンの特殊個体は非常に希少で狙う者も当然いる。お金を積んで交渉するかもしれないし、ジークさんが平民だからと権力を使って圧をかけてくるかもしれない。

もちろんそんなことになったら俺は全力でジークさんを守るつもりだが……もう、その必要はなさそうだ。

なぜなら、いまのマグナウェルさんの言葉を要約すると『レインボードラゴンの主であるジークさんに迷惑をかけたり、レインボードラゴンを奪おうとしたりすれば、許さない』ということだ。

『たしか……お主は、ミヤマカイトの恋人じゃったな？』

「え？　あ、はい。その通りです」

『そうか、ならワシら六王はお主の味方じゃ、困ったことがあればいつでも言ってこい』

「は、はい⁉　こ、光栄です」

そして、ジークさん自身にも余計なちょっかいがかからないように牽制……さすができる王、マグナウェルさんである。

俺の名前がさも当然のように出てきたことに関しては……まぁ、今回はジークさんを守るために役立つだろうし、恥ずかしさは我慢しよう。

ともかくコレで一段落したと考えていると……食事を終えたレインボードラゴンが尻尾を動かし、

ジークさんの手に触れさせた。

「うん？　どうかした――え？」

ジークさんの掌の上で円を描くように動くと、その尻尾の先端に黒く驚くほど美しい宝石が出現した。黒色なのに透き通っていて、中には虹色の光が見える。まるで夜空にかかった虹のようで……宝石に疎い俺でも、とんでもなく高価な宝石だと理解できた。

「……く、くれるんですか？」

「……」

ジークさんが戸惑いがちに尋ねると、レインボードラゴンは無言で頷く。

「……なるほど、レインボーダイヤモンドってこういう風にできるんですね」

「い、いや、レインボードラゴンは……普通、一年かけてゆっくり尻尾に宝石を作り出すんだよ……あんな一瞬で作れないよ。しかも、普通のレインボーダイヤモンドとは比べ物にならないぐらい、ハッキリと虹色が出てるし……」

「……え？」

「特殊個体だから、なにかしら原種とは違う能力を持ってるとは思ってたけど……この子、もしかしたら……『いくらでも宝石を作り出せる』のかも……」

「「「「ええぇぇぇ!?」」」」

戦慄した表情で呟くフィーア先生の言葉を聞き、俺たちは再び絶叫した。

ブラックベアーなら同族を従える力、ベルなら黒い雷を操る力と……特殊個体というのは、通常の個体にはない能力を持っている。そして、その例に漏れずジークさんのレインボードラゴンも――驚きの能力を備えていた。

ジークさんのレインボードラゴンが、本来なら一年かけて生成する宝石を瞬時に作り出せるということがわかってから、俺たちは早足でくじの会場を離れた。

マグナウェルさんが牽制してくれたお陰で変なちょっかいをかけてくる者はいないが、それでも注目された状態では落ち着かない。

さすがにマグナウェルさんが釘を刺したばかりなので追ってくる人はいなかった。

そしてくじの会場からそれなりに離れた位置にある広場で、改めてレインボードラゴンについての話を再開した。

「それで、フィーア先生。やっぱり、あのレインボードラゴンは、宝石をいくらでも生み出せる力を持ってるんですかね？」

「う～ん、たぶんそうだと思う。アレだけの速度で生成できるわけだしね。試しに、もうひとつだけ作ってもらってみよう」

「……なるほど、じゃあ、ジークさん」

真剣な表情で言葉を交わしてから、ジークさんにレインボードラゴンにお願いしてもらうよう頼もうとして振り返る。

「……美味《おい》しいですか？　しっかり食べて、大きくなるんですよ」

「……」

「名前はなんにしましょうか？　迷ってしまいますね～」

「……こら、ジーク。自分のペットが可愛くて仕方ないのはわかりますが、いまはこちらの話を聞いてください」

「はっ⁉　す、すみません、つい……」

レインボードラゴンに餌をあげながら、ニコニコと満面の笑みを浮かべていたジークさんは、リリアさんの声で我に返った。

うん、ずっと欲しかった魔物のペットだもんな……動物好きのジークさんとしては、もう嬉しくて嬉しくてたまらないのだろう。リリアさんに返事しつつも、片手はずっとレインボードラゴンの頭を撫でてるし……。

「……はぁ、ともかくジーク。検証したいことがありますので、先程の宝石をまた作ってくれるよう、その子にお願いしてください」

「わかりました……えっと、コレと同じものをまた作れるかな？」

「……」

リリアさんの要請に従い、ジークさんはレインボードラゴンの前にしゃがんで優しい声で尋ねる。

レインボードラゴンは、相変わらず鳴き声はあげなかったが……一度頷いたあとで、再び尻尾に黒い宝石を作り出した。

やっぱり、フィーア先生の読み通りレインボードラゴンは、黒い宝石を生み出す特殊能力を持っているみたいだ。

ジークさんがレインボードラゴンから宝石を受け取り、それをリリアさんに手渡す。リリアさんは受け取った宝石を、いろいろな角度から見つめる。

「……お嬢様、おおよその価値はわかりますか？」

「……いえ、大変素晴らしい宝石だとは思うのですが……」

ルナマリアさんの言葉を聞いて、リリアさんは宝石から視線を外して首を横に振る。いくら貴族のリリアさんとはいえ、世界で初めて発見された宝石の価値まではわからないらしい。

「う～ん……アリス、いるか？」

「はいはい、その宝石を調べればいいんですか？」

「うん、よろしく」

正直俺も宝石については詳しくないし、フィーア先生やノインさんも難しそうな表情をしていたから……ここは知識のあるアリスに聞くことにした。

アリスはリリアさんから宝石を受け取り、軽く指で叩いたりしながら感触を確かめる。

「……かなり固いですね。アダマンタイト……いや、オリハルコンぐらいは……それにこの色合い……ジークさん、これカットしてみてもいいですか？」

「え？　あ、はい、もちろん」

「じゃあ、失礼して……よいしょっ」

ジークさんに許可を取ってから、アリスがナイフを手に持つ。次の瞬間、アリスの手元が光り……一瞬で黒く美しいダイヤモンドが姿を現した。

うーん、原石のままでも相当綺麗だったけど、カットするとまた一段とすごい。まるで夜景をそのまま閉じ込めたかのような美しさだ。

「……このサイズなら未加工で白金貨八十枚……かなりの硬度なので加工に手間がかかりますし、加工済みで百枚ってところですかね？」

「は、はちじゅっ⁉」

原石の状態で八億円……加工すると十億円。しかも、アリスがいま手に持っている宝石は、かなり小さい。おそらくレインボードラゴンの体がまだ小さいからだろう。

ということは、つまり……今後レインボードラゴンが成長していけば、どんどん宝石の価値は上がってくる。

「……ちょっと調べてみたいので、ジークさん。これ譲ってもらっていいですかね？　加工は私がしましたけど、白金貨百枚出しましょう」

「……は……ぃ？」

「ありがとうございます。では、白金貨百枚です」

「……へ？　あ……え？」

「では、用事はすみましたので、私は失礼しますね～」

「……」

あまりの出来事に思考が付いていかないのか、茫然としているジークさんに対し、アリスは手早く白金貨百枚の入った布袋を渡して姿を消した。

ジークさんはそのまま少し固まっていたが……少しして小刻みに震え始めた。

「……は、白金貨？　白金貨って、あの……金貨十枚分のやつで……それが百枚だから……白金貨が百枚で……一枚でも白金貨で……」

「ジ、ジークさん？」

「ジーク、お、落ち着いてください！　気を確かに」

「はくき……ん……か？　……きゅぅ」

「ジークさん⁉」

ジークさんは白金貨なんてものとは無縁の平民である。彼女は、魔物を買うために金貨三枚を貯めた。日々の給料からコツコツと貯金し、長年をかけて貯めたのが金貨三枚である。

三百万円貯めて魔物を買おうとして、百万円のくじを引いて念願のペットを手に入れたかと思ったら……十億円をポンと渡された。

その衝撃の展開は彼女に尋常ではない混乱をもたらしたらしく……ジークさんは、気を失ってしまった。

拝啓、母さん、父さん――俺の周りがわりと異常で、俺自身もかなりお金を持っていたので感覚がマヒしていたが……ジークさんの反応がある意味、一番正常だ。なんというか、ジークさん――これから大丈夫だろうか？

非常に珍しい、というか初めてジークさんが気絶した。ルナマリアさん曰く『気絶ソムリエ』であるリリアさんの診断によると、しばらく目を覚まさないらしい。

なのでリリアさんが宿で休ませると言って、俺たちはここで別れることになった。

フィーア先生が気付けの魔法をかけようかとも提案したが、リリアさんが混乱しているジークさんを落ち着かせる時間も必要なので、ここは親友の私たちに任せてくれと言って断った。

俺も恋人としてジークさんに付き添おうと思ったのだが、ルナマリアさんに「ジークも混乱しているところを見られたくはないでしょうし、落ち着いたあとで訪ねてあげてください」と言われて断念した。

ジークさんを運ぶのを手伝おうかと思ったが、いくら細身とはいえ百七十cmあるジークさんを軽々と片手で担ぎ上げるリリアさんを見てやめにした。

しかも、ちゃっかりもう片方の手にレインボードラゴンを抱えている。顔がにやけているように見えるのは、たぶん光の加減とかだろう。

「まぁ、ジークちゃんのことはリリアちゃんとルーちゃんに任せて、私たちは改めてお祭りを見て回ろうよ」

「……そうですね」

「ええ……ふと思いましたけど、フィーア。今日は珍しくドジがありませんね？」

気を取り直して移動しながら話をしていると、ノインさんが意外そうな表情で口を開いた。言われてみれば、たしかに……フィーア先生は今日は転んだりしてないな。

その言葉を聞いたフィーア先生は、歩きながら俺たちの方を向いてサムズアップしたあと……。

「ふふふ、私だって日々成長してるんだよ。そうそうドジなんて……」

「フィーア先生⁉　前、看板が⁉」

「へ？　——みぎゃっ⁉」

……屋台の看板に顔をぶつけて倒れた。振りからの回収が見事である。

「いたたた……」

「フィーア先生？　だ、大丈夫ですか？」

「う、うん……ちょっとだけ服が汚れちゃったけど、このぐらいなら問題ないよ」

心配して駆け寄るが、特に問題はないみたいで、フィーア先生は苦笑しながら起き上がる。

「あはは、またやっちゃった」

「……またやっちゃった？　ではありません。前方不注意で転倒……恥ずべき醜態だと、理解していますか？」

「ッ⁉」

フィーア先生が苦笑しながら告げた瞬間……静かながら大気が震えるような、とてつもなく威圧感のある声が聞こえてきた。

その声を聞いたフィーア先生の笑みは一瞬で消え、なぜかノインさんも青ざめた表情で大量の汗を流していた。

声が聞こえてきたのは俺の後方であり、こちらを向いているフィーア先生とノインさんには声の主が見えるが、俺には見えていない。

そして確認のために振り返ろうとする寸前……フィーア先生はもの凄いスピードで踵《きびす》を返して走りだした。……かと思ったら『地面に正座していた』。しかも、なんかフィーア先生の周囲の地面が軽くへこんでるし、フィーア先生は苦悶の表情を浮かべてる。

もしかして、だけど……アレ、フィーア先生の周囲にものすごい重力が発生してるとかじゃないだろうか？

そんなフィーア先生の下に、ゆっくりと近付くのは、初めて見る女性だった。綺麗に切りそろえられた暗い緑のショートボブ。鋭く吊り上がった赤い目。ズボンタイプのスーツ風の服に身を包み、きっちりとネクタイを締めている姿は、できるキャリアウーマンといった感じだ。

両手には白い手袋がはめられていて、なんとなく男装執事のようにも見えた。

身長は百六十㎝くらいだろうか？　身に纏う雰囲気は……まるで磨かれた刃のように鋭い。

女性はフィーア先生の前まで歩いていくと、静かに響くような声で語りかけた。

「……どこへ行こうというのですか？　フィーア」

「ツ、ツツ、ツ、『ツヴァイお姉ちゃん』……な、なな、なんで、こっ。ここに……し、仕事は……」

「質問しているのは私ですが……まぁ、いいでしょう。余裕があったのでクロム様にご挨拶をと思い訪れました」

「そ、そそ、そうなんだ……」

「……私は悲しいです」

「ひっ⁉」

「久しぶりに会った家族が、クロム様の家族としてあるまじき醜態を晒している……ねぇ、フィーア？　私は再三に亘《わた》って貴女に忠告しましたね？　歩く時は前を見て歩くようにと……」

「あ、あわわわわ、そ、そそ、それは……」

こ、この人が……ツヴァイさん？　な、なるほど、フィーア先生やノインさんが恐れるわけだ。俺が怒られているわけではないのに、なぜか背筋が伸びしてしまう。

控えめに言って……超怖い。

「どうやら、貴女にはクロム様の家族としての心構えを、いま一度教え込む必要があるみたいですね？」

「ひぃぃぃぃ……」

とてつもない威圧感とともに告げるツヴァイさんの言葉を聞き、フィーア先生は半泣きになってしまっていた。

「いいですか？　そもそも六王配下である我々は——おや？」

「……へ？」

フィーア先生たちから聞いた長い説教が始まりそうな雰囲気の中、ツヴァイさんは途中で言葉を止め……俺に視線を向けた。

な、なんか、滅茶苦茶睨まれてるんだけど⁉　え？　な、なんで⁉　俺、なにかした？

「……貴方《あなた》は、たしか……ミヤマカイト様、でしたか？」

「え、あ、はい！　初めまして、み、宮間快人です！」

鋭い目で睨みつけられた俺は、自分でも驚くほど綺麗な姿勢で名乗る。すると、ツヴァイさんは鋭い表情のまま、フィーア先生の前から俺の前に移動してくる。

そして、右手の手袋を外して握手を求めるように手を差し出してきた。

「ツヴァイと申します。以後お見知りおきを……」

「は、はい……よ、よろしくお願いします」

「よろしくお願いします」

なんだろう、この感じ……自己紹介をして握手、実に平和な光景のはずだ。なのに……なんでこの人、ずっと睨みつけるような目で、不機嫌そうな表情のままなの⁉　滅茶苦茶怖いんだけど⁉

＊＊＊＊＊＊＊＊＊

射殺すような視線で快人を睨みつけるツヴァイ。だが、その心中は表情とはまったく違うものだった。

(こ、この方が……クロム様を救った、わ、私の憧れの人……ミヤマカイト様⁉　す、姿絵で見るより何倍もカッコいいじゃないですか⁉　ど、どど、どうすれば、ま、まだ会うつもりではなかったというのに……)

不機嫌そうにすら見える冷たい表情の裏で、ツヴァイは大混乱だった。彼女はクロムエイナに挨拶をするために六王祭を訪れた。その道中で醜態を晒す家族の姿を見かけ、それを注意しようと思っ

て近付いたわけだが……そこで快人と遭遇するのは、彼女にとってまったくの想定外だった。

（本当なら産地や素材を厳選した手土産のひとつでも持って、衣服もすべて新調した上で会う予定だったのに……し、失態です。人に会うことも多い仕事ゆえ、無礼でない程度に衣服は整っていると思いますが、カイト様の前に立つにはあまりにも相応《ふさわ》しくない⁉　あぁ、こんなことなら『新作の香水』をつけてくればよかった）

　表情とは真逆の思考を巡らせながら、ツヴァイはしっかり快人と握手を交わす。『普段は滅多に外さない白手袋を外して』……。

（カイト様に触れていただいた！　とても幸運なのに……だ、駄目です。『緊張してまともに話せない』⁉）

　射殺すような視線、不機嫌そうに見える冷たい表情、淡々とした口調のツヴァイ。

……しかし、その実態は……憧れの快人を前にして、緊張しているだけだった。

＊＊＊＊＊＊＊＊＊

　突然現れたツヴァイさんは、握手を終えたあともジッと俺を睨みつけるように見つめてくる。怖い、とても怖い……特に恐ろしいのは、この人の感情を『感応魔法で読み取ることができない』ということだ。

　もちろん俺の感応魔法は完全無敵の力ではない。シロさんやエデンさんには通用しないし、アリスなんかは表面上の感情を偽装することだってできそうだ。

アインさんやリリウッドさん、それとオズマさんに関しては、読みとれる時と読みとれない時があるので……なにかしら感応魔法を防ぐ術《すべ》があるのだろう。

そして、ツヴァイさんはシロさんやエデンさんと同じくまったく読みとれない。しかも、シロさんやエデンさんとは違って、こちらを射殺すように睨んでくるので……威圧感が凄まじいし、不安になる。

「……」

そんなことを考えているとツヴァイさんは俺から視線を外し、何事もなかったかのようにフィーア先生の方へ歩いていく。

本当に自己紹介のみの会話に不機嫌そうな表情……初対面での冷たい反応は、シアさん以来かもしれない。

なにか嫌われるようなことをしてしまったのだろうか？　そ、そういえば……フィーア先生たちの話では、ツヴァイさんは身だしなみとか礼儀にはとても厳しいらしいし、そのあたりかもしれない。

クロの家族というわけではない俺を、家族と同じように注意するわけにはいかず苛立っている可能性も……。

「フィーア」

「は、はい！」

「クロム様の品位を傷つけてしまわぬよう、今後は注意しなさい」

「はい！　……え？」

「では、私はクロム様の下に行くので……これで失礼します。ミヤマカイト様」

「え？　あっ、はい！」

「またお会いしましょう。機会があれば是非、貴方とはゆっくり話をしたいものです」

フィーア先生に注意を行ったあと、ツヴァイさんは再び俺を鋭い目で睨みつけてきた。

「……ひゃぃ」

そんな親の仇《かたき》を見るみたいな表情で話すってなにを⁉　ま、まさか物理的なやつじゃ……そ、それとも、フィーア先生たちが言っていた長い説教……ど、どうしてこうなった？

怯える俺の前で、ツヴァイさんは一礼してから規則正しい歩幅で去っていった。

その背中を茫然と見送っていると、フィーア先生がなにやら信じられないといった表情で呟いた。

「……ツヴァイお姉ちゃんが……説教しなかった？」

「わ、私も信じられません。いつものツヴァイ様なら、確実に三時間コースのはずなのに……あんな優しい注意だけなんて……」

「……驚くとこ、そこですか⁉」

アレで優しいって……普段はどれだけ怖いんだろうか？

と、そこでふと、俺は先程ツヴァイさんに感応魔法が通用しなかったことを思い出し、魔法に関して詳しそうなフィーア先生に聞いてみることにした。

「……そういえば、フィーア先生。ツヴァイさんの感情が、感応魔法でまったく読みとれなかったんですけど……」

「うん？　感応魔法？」

「あぁ、えっと……」

そういえばフィーア先生には感応魔法のことを話していなかったので、そこからしっかりと説明した上で、改めて先程のことを尋ねてみる。

するとフィーア先生は特に考えるような表情を浮かべることもなく、アッサリと言葉を返してきた。

「……それは単純に、ツヴァイお姉ちゃんが『魔力を体外に漏らしてない』からじゃないかな？」

「う、うん？」

「えっと、簡単に説明すると……ミヤマくんの感応魔法は、体から出る微弱な魔力から感情を読み取ってるんだよ。だから、魔力を完璧にコントロールして体内に留めている相手の感情は読み取れないんだよ……似たようなことは私もできるよ……どう？」

「た、たしかに、フィーア先生の感情が読み取れなくなりました」

なるほど、だからアインさんやリリウッドさんなんかは読み取れる時と読み取れない時があったのか……。

「コレは魔力コントロールとしては最高レベルに難しい技術だけど、できる魔族はそこそこいると思うよ……戦闘において、相手に魔力の流れを読ませないのはすごく有効だからね」

「な、なるほど……」

「まぁ、かなり疲れるから常時この状態でいる人は少ないけどね。シャルティア様とかは、隠密行動する時に使ってるね。アイシス様は魔力が強大すぎて抑え切れてない感じかな？　まぁ、魔力を放出していた方が威圧感……威厳があるし、メギド様やマグナウェル様は抑えてないね」

「ふむふむ」

そういえば、いままで意識してなかったけど……姿を消している時のアリスからは感情が読み取れなかった気がする。

「ツヴァイお姉ちゃんは自他ともに厳しいから、常時その状態でいることで、常に鍛錬してるんだと思うよ。だから、ミヤマくんはツヴァイお姉ちゃんの感情を読み取れなかったってことだね」

「納得できました。ありがとうございます」

考えてみれば当然のことだ。感情を読み取る魔法があるなら、それを防ぐ方法もあってしかるべきだろう。しかし、平常時の魔力ひとつとってもいろいろとあるものだ。やっぱり——魔法って奥が深い。

＊＊＊＊＊＊＊＊＊

規則正しい歩幅で移動し、中央塔に辿り着いたツヴァイをアインが出迎える。

「久しぶりですね、ツヴァイ。クロム様は打ち合わせ中なので、もう少々待つことになるでしょうが……」

「ええ、アイン。問題ありませんよ。突然訪れたのは私の方です。時間にも余裕はありますので、待たせていただきます」

どちらも丁重な口調で言葉を交わしたあと、アインとツヴァイは揃って中央塔の中へと移動していく。

その途中でツヴァイが鋭い目でアインを見つめながら、静かに口を開いた。

「つい先程、カイト様とお話をさせていただきました」

「……ふむ」

「そして、早急に対処すべき案件があると考えています」

「……なんですか？」

「カイト様の愛好会員に配られている『姿絵』……本人を目にしたからこそわかりますが……あの絵では『カイト様の素晴らしさを百分の一も表現できていません』。早急に改善すべきだと思います」

淡々とした口調ながら、ツヴァイの声には強い熱が籠っている。

その言葉を聞いたアインは、静かに頷いたあとで言葉を返した。

「貴女の言いたいことは理解できますし、同意します。しかし、残念ながらアレ以上の姿絵を作るのは、困難であると言う他ありません」

「ぐっ……なるほど……絵如きでは『カイト様の崇高さを表現しきれない』と、そういうことですね？」

「その通りです」

「……口惜しいですが、諦めるしかありませんね。本人と会って実感しましたが、あのあふれ出る『気品』と『美しさ』は……現存する技術では表現しきれないでしょう。世界がまだ、カイト様に追いついていない……」

心底悔しそうな表情を浮かべながら、ツヴァイは唇を噛む。本人が聞けば突っ込みどころ満載ではあるが、残念ながらこの場にそれを行う者はいない。

「……それはさておき、どうでした？　憧れのカイト様と話してみた感想は？」

「そうですね、端的に言えば……あの御方は……カッコよすぎるのではないでしょうか？　『私の知るどんな宝石よりも美しい瞳』、『煌《きら》めくような髪』、『逞《たくま》しく凛々《りり》しいご尊顔』……あまりにも眩しすぎて、『目を離すことが困難』でした」

「わかります」

あくまで個人の感想である。ちなみに、目が離せなかったツヴァイの様子は、傍から見ればただ無言で快人を睨みつけていただけだった。

「動悸も止まりませんでしたし、あまりの緊張にまともに会話もできませんでした……もしや、コレが……『恋い焦がれる』という感情なのでしょうか⁉」

「間違いなく、その通りです」

「や、やはり……必然ですね。『この世の美を凝縮』したかのようなカイト様を見て、恋に落ちぬ者などいるはずもないです。魔導人形である私ですら、カイト様のお姿が脳裏から離れません」

「それは誰もが通る道ですが、溺れてはいけませんよ。私も貴女も栄えある『カイト様愛好会のシングルナンバー』です。それを自覚した行動をとりましょう」

「心得ています。あくまで『カイト様に選んでいただくこと』を目標として、精進します」

「さすがツヴァイ……わざわざ忠告する必要などありませんでしたね」

「いえ、感謝します」

繰り返しになるが……ツッコミは不在である。

＊＊＊＊＊＊＊＊＊

ツヴァイさんとの一件も一段落し、再び祭りを見て回る。しかし、今日はなんだかいろんな人と遭遇してるな……フォルスさんやツヴァイさんという初めて会う人もいた。

「二度あることは三度あるって言いますし……また誰かと遭遇しそうな気がしますね」

「う～ん、普通に考えると、これだけ広い会場で知り合いと会うことなんて稀なんだけどね～」

「そこは、まぁ、さすが快人さんと言うべきでしょうね」

「キュイ！」

「おっ、おはようリン」

「キュク～」

フィーア先生とノインさんと会話をしながら歩いていると、お昼寝をしていたリンが目を覚ました。俺の服から顔を覗かせてノビをする姿は、大変可愛らしい。

そんなリンの頭を撫でつつ足を進めていると、ふいに声をかけられた。

「おや？　ミヤマ殿ではありませんか、こんにちは……偶然とはいえ、お会いできて光栄です」

「……へ？」

……フラグ回収早すぎじゃないかな？　本当に今日はなんで、この巨大な会場で知り合いとばか
……り……あれ？

妙な縁に驚きつつ声のした方を振り向くと、そこには見たことのない男性が立っていた。

「……ど、どちらさまでしょう？」

艶のある黒色のロングヘアーを首の後ろで一本に纏めた身長二mくらいの美丈夫。肌は浅黒く、はち切れんばかりの筋肉と相まって、もの凄く強そうな感じだった。

マジで誰だ？　ま、まさか、また会ったことのない方か？　勘弁してくれ……もう今日はフォルスさんとツヴァイさんでお腹いっぱいだから……。

そんなことを考えつつ、恐る恐る男性に尋ねると、男性は少し考えるような表情を浮かべたあとポンッと手を叩いた。

「……あぁ、そういえばこの姿は見せたことがありませんでしたね。『ファフニル』です」

「え？　えぇぇぇぇ!?　ファ、ファフニルさん!?」

え？　この人、ファフニルさん？　あの百mくらいある巨大なドラゴンのファフニルさん？

「いまは『人化の魔法』で姿を変えています」

「な、なるほど……」

人化の魔法……たしかにファンタジーでは鉄板中の鉄板魔法と言えるだろう。実際こうして見ると、あの巨大なドラゴンがここまで変わるのかと驚愕してしまう。

「おっ、ファフニルだ。久しぶり～」

「これはフィーア殿、ご無沙汰しております。ノイン殿も一緒でしたか」

「はい、お久しぶりです。ファフニル様」

「ええ、ノイン殿もお元気そうでなによりです」

筋骨隆々とした色黒の大男といった見た目からは想像もできないほど丁寧に挨拶をするファフニルさん。失礼な話かもしれないが、見た目とのギャップがすごい。

いや、まぁ、ファフニルさんはもともと丁寧な方だったけど……。

「……ファフニルはこんなところでなにをしてるの？」

「私ですか？　マグナウェル様の命により、この先にある『六王祭特別版モンスターレース』の案内を行っております」

「……特別版モンスターレースですか？」

「ええ、たしかミヤマ殿はアルクレシア帝国のモンスターレースを見たことがあるのでしたね？　特別版モンスターレースとは『部門別優勝や年間で優秀な成績を記録した魔物』のみを集めたレースです」

……チャンピオン同士の戦いみたいな感じかな？　それは、盛りあがりそうだ。というか、気のせいだろうか……なんとなく、その会場に俺の知り合いがいる気がする。

具体的には、いま俺の後ろで姿を消してるやつの分体とか……。

「見応えのあるレースになると思いますので、ミヤマ殿もお時間に余裕があるようでしたら是非行ってみてください」

「あ、はい。ありがとうございます」

「いえ、それでは私は任がありますので、これで――おや？」

「キュッ⁉　キュイ‼　キュクキュア‼」

「リ、リン⁉　どうしたんだ急に？」

ファフニルさんが俺たちに頭を下げてから案内の仕事に戻ろうとしたタイミングで、なぜかリンが俺の服から飛び出してきた。

リンはファフニルさんに向かって、なにかを叫んでいる感じだが威嚇してるような感じではない。むしろなにかを尋ねているような……。

「リンドブルムではないか？　ふむ……どうやら『私の言葉通り』、しっかりと『魔力の籠った食材を食べている』みたいだな。以前より遥かに魔力が大きくなっている」

「キュク！　キュキュイ！　キュルクキュア‼」

「はやる気持ちはわかるが……『まだ足りない』。だから、まだ駄目だ」

「キュ……ク～……」

「落ち込む必要はない。私の想定よりかなり早く魔力が成長している……よほどいい物を食しているのだろう。その調子なら、そう遠くない内に目標とする魔力に届くはずだ」

俺はリンの言葉を完全に理解しているわけではないので、ファフニルさんになにを言っていたのかはわからないが……感応魔法で落ち込んでいる感情は伝わってきた。

リンは落ち込んだ様子で頭を下げたあと、パタパタと飛んで再び俺の服に潜り込んでしまった。

「……あの、ファフニルさん？　リンと知り合いなんですか？」

「はい。私が飛竜便の手伝いとして出向してから、ミヤマ殿が引き取るまで数日ありましたからね。同じ竜種として少しばかり相談に乗りました」

「相談ですか？　それは……」

「キュク⁉　キュ、キュキュイ！　キュクイ‼」

「え？　リ、リン？」

落ち込んでいるリンの様子が気になり尋ねてみると、直後にリンが慌てた感じで顔を出して、必死になにかを叫び始めた。

そしてそれを聞いたファフニルさんは、微笑ましげな苦笑を浮かべてから俺に頭を下げてきた。

「ははは、申し訳ありません、ミヤマ殿。どうやらリンドブルムは内緒にしたいみたいです」

「そうですか……リン、内緒なの？」

「キュイ！　フゥゥ！」

「わかった、わかった。これ以上は聞かないよ」

気にはなるが、リンが嫌がっているのでそれ以上は聞かないことにする。そんな俺たちの様子を、ファフニルさんは優しげな瞳で見つめていた。

拝啓、母さん、父さん――どうやらリンが普段から世界樹の果実を欲しがるのには、好物だからという以外にも理由がありそうな気がした。想像ができないわけじゃないけど、まぁ、いまのところは――リンが教えてくれるのを待つことにしよう。

閑話　リンドブルム

特別設置されたモンスターレース場に向かって歩いていく快人たちを見送りながら、ファフニルは静かに物思いにふける。

（……あの白竜……以前に比べると格段に魔力が上昇していた。私の予想より遥かに上昇のスピードが早い。よほど高密度の魔力が籠った食材を食べているのだろうな）

リンドブルムの纏う魔力が以前に会った時より大きくなっていたことを考えつつ、ファフニルはかつてあの白竜と交わした言葉を思い出していた。

＊＊＊＊＊＊＊＊＊＊

飛竜便の竜舎では、社長であるメアリが多くの食材を運んでいた。快人によって竜王マグナウェルと契約を結んだことで、彼女の下には多くの竜種が集まってきていた。

その多くは竜種にして魔族と認定される存在であり、正直な話メアリより立場が上の存在も多い。だからこそ、彼女は万が一にも失礼があってはいけないと、竜舎の改装を手配し、用意する食材も高級なものへと切り替えた。

出費はかなりのものだが、爵位級高位魔族である竜種が引く飛竜便の噂は瞬く間に世界中へ広がっており、予約はすでにいっぱい。十分に利益が上がる計算だった。

「……メアリ殿、搬入を手伝いましょう」

「い、いえ⁉　ファフニル様のお手を煩わせるわけには……」

「どうぞ畏まらずに、私はマグナウェル様より竜種の纏めとともに貴女のサポートを仰せつかっております。多くの高位竜種に囲まれて大変でしょうし、どうぞ気軽に頼ってください」

「あ、ありがとうございます」

穏やかで丁重な口調で告げたあと、ファフニルは人化の魔法で人間の姿に変わる。そしてメアリが運んでいた荷物を持ち、手伝いを始める。

黒髪の男性の姿になったファフニルは見惚れるほどに美しく男らしい外見で、既婚者であるメアリも意識せず頬を赤くしてしまう。

すると、そんなふたりの下になにやら慌てたような鳴き声が聞こえてきた。

「キュッ⁉　キュクア！　キュクイ、キュイ！」

「……リンドブルム？」

「ほう、あの白竜がミヤマ殿の話にあった……」

小さな翼を動かしながら一直線にファフニルの下へ近付いてくる白竜を見て、メアリは首を傾げ、ファフニルは考えるような表情を浮かべる。

そして近くに来たリンドブルムに向かって、ゆっくりと威厳ある声で話しかける。

「して、白竜。『それ』とは、なんのことだ？」

人族であるメアリには丁重な口調で話していたファフニルだが、相手が竜種となると話が変わる。

下位の竜種に侮られれば、マグナウェルの評判を貶めることになってしまうからだ。

だからこそファフニルは、相手が竜種の場合は『竜王配下幹部』として威厳ある態度で接することにしている。

「キュキュイ、キュイキュクイ！」

「……人化の魔法のことか？　コレを覚えたいと？」

「キュイ！」

「無理だ」

「キュァッ⁉」

人間であるメアリでは、リンドブルムがなにを言っているかわからないが、同じ竜種のファフニルにはしっかり伝わっている。

リンドブルムが人化の魔法を覚えたいと口にし、ファフニルはそれをバッサリと切って捨てる。

「人化の魔法とは極めて高度な魔法だ。魔族ではなく魔物に分類されるお前では、使用することはできないだろうな」

「キュ……キュイ、キュクル」

「……わからんな。なぜそこまで人化したい？　この姿は基本的に外交に用いるものだ。本来の姿と比べれば力も落ちるし、利点は少ないぞ？」

「キュキュクイ、キュイキュア、キュクイクイ！」

「……ふむ」

竜種において魔族と呼ばれるのは、一定以上の知恵と魔力を持つ種のみだ。リンドブルムの種族である白竜は魔物に分類されており、魔族ではない。

しかしリンドブルムは納得できない様子で、なにかを訴えるようにファフニルに伝える。

「……人間と番《つがい》にか……しかも、相手の姿に合わせたいとは……なんとも、変わった奴だな」

ファフニルから見て、リンドブルムは非常に変わり者と言えた。そもそも竜種と人間では姿がまるで違う。基本的に人間は竜種の恋愛対象にはならないはずだ。ファフニルも、人間を可愛らしいだとか醜いだとか、そういった容姿の面で評価したことはない。

人間はあくまで人間という自分たちとは別の種族であるという認識だ。

しかしリンドブルムは快人を番だと認識しており、明確に恋愛対象として見ていた。しかも、健《けな》気《げ》なことに人間である快人に合わせて、自分も人間になりたいとまで口にしていた。

「……興味深いな、これもまたミヤマ殿の力と言うべきか……マグナウェル様が気に入るだけはある。ミヤマ殿に関わることであれば、少しばかり力を貸したくもなる」

「キュイ?」

「……人化の魔法を、教えてやってもよいと言っている」

「キュア!!」

「だが、いまのお前では無理だ。そもそも魔力がまったく足りん。というより、人化の魔法を使用できるようになるには、魔族と呼ばれるレベルの魔力が必要だ」

「……キュ……キュァ……」

ファフニルの言葉に一瞬嬉しそうな表情になったリンドブルムだが、続けて告げられた言葉を聞いてガックリと項垂《うなだ》れる。

「そう落ち込むな、なにも方法がないと言っているわけではない」

「キュ？」

「よく聞け、白竜。お前はいまから数年ほどは、魔力の成長期だ。その間に可能な限り『魔力の籠った食材』を食せ。できるだけ高密度の魔力が籠ったものが望ましい。そうすれば、お前の魔力は大きく上昇するだろう」

「キュッ、キュクイ！」

「簡単なことではないが……お前がもし、魔族と呼べるレベルにまで魔力を高められたなら……その時は、人化の魔法を教えてやろう」

「キュイ！　キュキュクイ!!」

「……そうか、精々努力することだ」

その会話から数日後、リンドブルムは快人に引き取られて飛竜便の竜舎を去った。

そして、ファフニルのアドバイスをしっかりと覚えていたリンドブルムが……世界樹の果実に目を付け、ことある毎に快人に強請《ねだ》り始めるのは、それからしばらく経ってからだった。

＊＊＊＊＊＊＊＊＊

過去の出来事を思い出し、軽く微笑みを浮かべたあとでファフニルはゆっくりと歩きはじめる。

（……とはいえ、まだ十年はかかるだろうな。子供ゆえの堪え性のなさは困ったものだが、あの様子なら今後も努力を続けていくだろう）

先程再会し、人化の魔法を教えてくれと言ってきたリンドブルムを思い出し苦笑を浮かべる。たしかに魔力はファフニルの想像を越えるスピードで成長しているが、それでもまだ成竜と同じ程度……人化の魔法を覚えるには足りない。

（まぁ、心配はいらないな。あの白竜は、ミヤマ殿に本当に大切にされているのだろう。あれほど魔力が上昇する食材……決して安価ではないはずだ。ふふふ、面白いものだ……竜種と人間が互いに想い合い、家族のように接するか……）

ファフニルにとって快人とは、あくまでマグナウェルが懇意にしている存在であり、敬意を払うべき相手という認識が強かった。

しかし、リンドブルムの件があり、彼自身も快人に対して興味を抱きはじめていた。

（……しかし、うむ。人と竜の恋物語か……長生きはしてみるものだな。いまは、楽しみに待つとしよう……リンドブルム。お前が魔族と呼ばれるようになるその時を……）

人間と竜種が手を取り合い、まるで夫婦のように仲睦まじく歩く姿。そんな未来を想像し、ファフニルは優しげな笑みを浮かべていた。

第三章　異世界で得たもの

特設のモンスターレース場に向かって、のんびりと歩きながら言葉を交わす。

「リンちゃんは、また寝ちゃったのかな？」

「……不貞寝《ふてね》みたいですね」

フィーア先生とノインさんの言葉通り、ファフニルさんとの会話のあとでリンは再び俺の服に潜り込み、拗ねたような感じで寝てしまった。

う～ん、事情がイマイチわからないのでなんとも言えないが、リンは引きずるタイプではないので寝て起きたら元気になっているだろう。

「そういえば、話は変わるけどさ……たしかベルちゃんもモンスターレースのチャンピオンなんだっけ？」

「ええ、と言っても一レースだけですが……」

「ガゥ！」

えっへんと言いたげに頷くベルが可愛いので、とりあえず頭を撫でておく。

「へぇ～。ファフニルが飛び込み参加もＯＫだって言ってたし、ベルちゃんも出てみたら？」

「ガウッ！」

「汚れるので、駄目です」

「グルァ⁉　ク、クゥ〜」

「駄目！」

「クゥ……」

先程あれだけ走ったというのにやる気満々なベルに注意しておく。ベルはとにかく走るのが好きなので、参加したいのだろうとは思う。

だけど、モンスターレースなんてほぼなんでもありのレースに参加したら、ベルの毛が汚れるのは不可避である。それは駄目だ。そうなったら俺は、祭りを回るのを中断して、ベルの全身を洗い始めてしまう。

「ミ、ミヤマくん？　で、でも、ほら、ベルちゃんは出たがってるよ？」

「駄目なものは駄目です。それに、ベルがモンスターレースに出場したら圧勝してしまうので、他の魔物に悪いですよ。弱い者いじめになってしまいます」

「……そ、そうだね」

そりゃ俺だってベルの雄姿を見たいとも思うが、結果はわかり切っているので、わざわざ出場する必要はないだろう。

フィーア先生とノインさんは、なぜか俺の言葉を聞いて引きつった笑みを浮かべていたが、俺はそれよりも先にベルの誤解を解くことにする。

「……あと、ベル。言っておくけど、モンスターレースで俺を背中には乗せられないよ？」

「グルァッ⁉」

そう、ベルが好きなのは『俺を背中に乗せて走ること』である。ベルは俺の言葉を聞いてショックを受けたような表情に変わったあと、のんびりとした足取りで俺の後方に移動した。

どうやらモンスターレースに対する興味を失ったらしい。六王祭に参加して数日の間は散歩してあげられてないからなぁ……あとでもう一度、さっきの牧場へ連れていってあげよう。


モンスターレース場はとてつもない熱気に包まれており、かなり広い会場でも空いている席を探すのは大変そうだと、そう思っていたが……。

「ミヤマ様ですね。ようこそいらっしゃいました。VIP席へご案内いたします」

「あ、はい……よろしくお願いします」

ここでもまさかの顔パス……VIP席が用意されているのは飲食店だけではなかったらしい。本当に、この六王祭で俺の評価がどんどん妙な方向に突きぬけている気がする。

ある程度の権力者しか参加してないとはいえ、今後を不安に感じる。

まぁ、俺の評価がおかしいことになっているのは置いておいて、案内されたVIP席はいい感じだった。ベルも余裕で入れるぐらいの広さなので、一緒に見ることができる。

なんだかんだでクロたちの気遣いのお陰で助かってるし、六王祭が終わったらまたお礼でもしようかな。

そしてどうやらVIP席に案内されているのは俺たちだけではなかったみたいで、大きなガラス張りの窓の近くに三つの人影が見え……。

「行け！　そこ——ふぎゃっ⁉」

「こい！　二番こ——みぎゃっ⁉」

「この勝負もら——ひぎゃっ⁉」

『白黒茶の馬の着ぐるみ』がいたので、順番にぶん殴っておいた。

「フィーア先生、ノインさん、ここよく見えますよ」

「「「私の扱いっ⁉」」」

「黙れ、馬鹿」

本当になにやってるんだコイツ……というか、六王祭のマスコットか何かかと思うほど、毎日どこかしらで遭遇してる。

俺は大きく溜息を吐きながら、三匹の馬の着ぐるみをどかし、何事もなかったかのようにフィーア先生たちと観戦を始めた。

「……あの、ミヤマくん？」

「なんですか？」

「その、シャルティア様……分体だけど、正座してるんだけど……すごく落ち着かないんだけど……」

「アレは鬱陶しい置きものだと思ってください」

部屋の端で正座する馬鹿三連星をチラチラ見ながら話しかけてきたフィーア先生に対し、俺は簡潔に返答する。

「……あの、フィーア？　い、いいんでしょうか……幻王様をあんな扱いで……」

「いい、ノイン？　よく覚えておいて……あんなことが許されるのはミヤマくんだけだからね。私たちが同じようなことをすれば、次の瞬間に首を刎ね飛ばされるからね」

「……で、ですよね」

忘れがちになってしまうが、アリスはいちおう幻王であり、フィーア先生たちにとっては完全に格上の存在。しかも、わりと恐れられてる部類である。

いや、もしかしたら……俺にはあんな風に気安く接してきてるけど、普段はもっと威厳のある感じなのかもしれない。なんたって六王なわけだし……。

「カイトさん、カイトさん！　次の出場リストを見てくださ い……で、適当にどれか指差してください」

「……」

「コレっすね！　よし！　『ギャンブル用分体』アリスちゃん二十三号、二十四号、二十六号！　この番号にオールインで──ぎゃんっ⁉」

「お前少しは自重しろ……」

前言撤回。本当に六王かコイツ……というか、こんな馬鹿が六王でいいのか？　あと、二十五号どこいった⁉

「……あの、フィーア？　幻王様のこんな姿を見て、私たち……あとで殺されませんか？」

「だ、大丈夫じゃないかな？　だってシャルティア様って、私たちの命に毛ほども興味ないから

「あっ、ちなみにここで見たことを、余所《よそ》で話して回ったら……ぶっ殺しますよ？」

「「ひぃっ⁉」」

コソコソと会話していたフィーア先生とノインさんだったが、いつの間にかアリスはふたりの前に移動しており、冷たさを感じる口調で告げた。

そして、わかりやすいほどに怯えるふたり……これは、うん。アレだ……教育的指導だな。

「え？　ちょっ、カイトさん？　あっ、い、いやだなぁ～。じょ、冗談すよ？　アリスちゃんジョークですよ⁉　あ、あはは、ドッキリ大成功……とか、駄目っすか？」

「……駄目」

「おっと！　アリスちゃんは明日の六王祭の準備で忙しいんでした‼　これはいけませんね！　すぐに行かなくては――ぐぇっ⁉」

「ちょっと、向こうで……話しようか？」

「も、もちろん私はカイトさん優先ですし、いくらでも会話したいぐらいですが……き、気のせいですかね？　いま『ふざけすぎだテメェ、ちょっと性根叩き直してやる』って感じの、物騒極まりない副音声が聞こえた気がするんですけど？」

「……」

「わ～……笑顔、超怖い……」

大量の汗を流しながら告げるアリスに笑顔を返し、首根っこを捕まえて部屋の隅へ引きずっていく。

しかし、う～ん、どうしたものか？　説教は確定としても、それだけじゃ懲りないよな……あっ、そうだ。

あることを思いついた俺は、胸元にある黒いネックレスに向かって話しかける。

「クロ、アリスの説教手伝ってくれ」

「ちょっと⁉　なんてとこに声かけてんすかぁぁぁぁ⁉　鬼！　悪魔！」

「もちろん、いいよ」

「ぎゃぁぁぁ⁉　クロさん⁉」

……まぁ、ネックレスに声をかけて当たり前のようにクロに聞こえているのは、この際気にしないことにする。けど、あれ？　なんか、クロ……怒ってない？　体から黒い煙が出てるんだけど……。

「……ところで、シャルティア？　さっき、『ボクの家族をぶっ殺す』とか聞こえたんだけど？」

「い、いや、冗談ですから……本当に、マジで！　神に誓って！　やめて、やめて……グーパンは駄目です。クロさんのグーパンとか、マジで命の危機なので……って⁉　後ろになんか黒い渦がセッティングされてる⁉」

「……」

「……あっ、ク、クロさん！　今日はいつもより綺麗ですね！　ほ、ほら、クロさんに怒ってる顔とか似合わないですよ？　笑顔のクロさんが好きだな～」

「……」

「……その……えっと……ごめんなさい」

「ふんっ！」

「ぎゃぁぁぁぁぁ!?」

まぁ、クロもアリスの発言が冗談だということはわかっているのだろう。なんだかんだで、パンチも手加減してる……よね？　手加減……してるはずだよね？　手加減……してるといいな。まぁ
――アリスだし大丈夫だろう。

＊＊＊＊＊＊＊＊＊

特別設置のモンスターレースは、アリスを説教したあとで十分に楽しんだ。さすがにチャンピオンレースというだけあって、出場する魔物たちはどれも歴戦の勇士といった風格だった。

レース内容自体も白熱したもので、手に汗握る走り合いもあれば激しい直接戦闘も発生した。

俺は今回特にチケットを買って賭けたりはしなかったが、モンスターレースは見た目が派手なので賭けをしていなくても十分面白い。

フィーア先生とノインさんも楽しんでおり、全然懲りずに時折ちゃちゃを入れてくるアリスの相手をしつつ、時間を忘れて楽しめた。

ある程度レースを見終えた時には、空は茜色に染まり始めていた。

「ん～楽しかったね！　熱いレースだったよ！」

「ええ、私はモンスターレースは初めてでしたが、手に汗握る素晴らしい戦いでした」

「ですね……っと、もう夕方ですね。どうします？　もうあまりたくさん回る時間はなさそうですけど……」

　モンスターレース場から外に出て、フィーア先生とノインさんと話しながら歩く。

　いちおう祭りは夜の十時くらいまで開催しているみたいだが、俺はベルとリンをリリアさんの屋敷に戻さないといけないので、それほど遅くまではいられない。

「あっ、じゃあさ、最後に行きたいアトラクションがあるんだけど……そこに行ってもいいかな？」

「ええ、俺は大丈夫ですよ。ノインさんも、いいですか？」

「はい」

　フィーア先生が行きたいアトラクションがあるということで、俺とノインさんはフィーア先生に連れられて移動を始める。

「……ちなみに、どんなアトラクションですか？」

「昨日アインお姉ちゃんに教えてもらったんだけど……飛竜のゴンドラってのがあるみたいなんだよね」

「飛竜のゴンドラ……ですか？」

「うん。飛竜便みたいな感じだけど、景色が見えやすいように調整されてるらしいね。この広い島をぐるっと一周してくれるらしいよ」

なるほど、それは面白そうだ。空を飛んで景色を眺めるのは楽しいし、時間的にも丁度夕暮れが綺麗だ。

「いいですね。俺も何度か空から景色を見たことがありますが、本当にいいものですしね」

「うんうん、私は自分でも飛べるけど……そういうのとはまた違った良さがあるからね」

「私は、空は飛べませんし、楽しみです。快人さんは何度か空から景色を見たことがあるということですが……飛竜便によく乗るのですか？」

「飛竜便にも三回ぐらい乗りましたね。あとはクロに連れられて飛んでもらったのと……『空に放り投げられて魔界の中央から南部まで移動したのが』一回ですね」

「……おかしいよね？　どういう状況になったら、そんな奇妙な経験するのか……わからないよ」

「……馬鹿のせいです」

あんな経験は二度とごめんではある。ああ、あとはいちおうシロさんの神域に遊びに行ったのも……空からの景色を見たってことになるのかな？

まぁ、ともかく、わりと空からの景色ってのは経験してる気がする。

しばらく雑談をしながら移動すると、フィーア先生の言う飛竜のゴンドラの場所へ辿り着いた。

なんというか、考えることは皆同じというか……飛竜のゴンドラという看板の前には、非常に長い行列があり、最後尾で『ただいま三時間待ち』と書かれた札を持った人がいた。

あまりの列に唖然としていると、フィーア先生は最後尾の看板を持った係の人に近付いていく。

「……こちら、ブラックランクのミヤマカイトくん！」

「はっ！　畏まりました！　念のために招待状の確認を……はい、結構です。どうぞ、こちらへ」

「……ありがとうございます」

さすが元魔王、使えるものはなんでも使う……実に効率的である。そのお陰で俺たちは長い行列に並ぶことはなく、飛竜のゴンドラに乗ることができた。

……ハッキリ言って、とてつもない絶景だった。

この飛竜は相当の高度を飛んでいるのか、マグナウェルさんを見下ろすという空を飛ばなければありえない光景が目の前に広がっていた。

というか、今更だけど……マグナウェルさんでかすぎる。高さだけで五千m級ということは、地竜という形状を考えると……全長はその何倍も長い。数万mは余裕でありそうだ。

「うわ～、夕日が綺麗だね～」

「ええ、とても素晴らしい景色です」

ついついマグナウェルさんの巨大さに目を奪われてしまったが、フィーア先生とノインさんの声を聞いて視線を動かした。

すると、そこには、茜色に染まる都市、夕日を受けて輝く海……言葉を失ってしまうほどの絶景があった。

特にこの三日目は大型の施設も多いため、こうして上空からでも見ごたえがあってとてもいい。

う～ん、これはフィーア先生とノインさんに感謝かな？　たぶん俺ひとりで回っていたら、このゴンドラには気付かなかっただろうし……。

「……なんというか……わからない、ものですね」

「え？　ノインさん？」

そのまま額縁に入れて飾りたいとすら思える景色を眺めていると、ポツリと呟くノインさんの声が聞こえた。

フィーア先生とともにノインさんの方を振り向くと……ノインさんは穏やかに微笑みながら口を開く。

「……いえ、未来なんてわからないものだと、そんな当たり前のことを考えてました」

「ニホンって国のことを、思い出してたのかな？」

「そんな感じです。私は小さな剣術道場の娘でした。将来は親の決めた……家の利益になる相手と婚姻を結び、家庭を預かって生きていくのだと……なんの疑問もなくそう思ってました」

きっとノインさんが生きていた時代は、いま以上に政略結婚とかが多かったんだろう。少なくともノインさんは、親の決めた相手と結婚して、女は家事と子育てをするのが当たり前だと思っていたらしい。

「……それが、なんの因果か異世界に召喚され、魔王を倒す旅をすることになりました。そのころは、魔王を倒してしまえば全部終わって、私は元いた世界に帰るのだと疑っていませんでした」

「……」

「本当に、わからないものです。私は結局元の世界を捨てて、クロム様の手を取ることを選びました。人の身を捨てて、魔族になることを自分の意思で選択しました……そして、いまは、敵だったはずの魔王、それに私と同じ世界、私とは違う時間を生きた快人さんと一緒にこうして美しい景色を眺めています」

「たしかに、ノインの人生は波乱万丈って感じだよね」

「ええ」

　フィーア先生の言葉に笑顔で頷いたあと、視線を夕焼けに向けながら言葉を続ける。

「……いまのこの光景は……かつての私が描いていた未来とは、大きく違うものです。そして、私が漠然と思い描いていたより……ずっとずっと『幸せな現在』だと……そんなことを考えていました。ふふふ、フィーアと快人さんには感謝ですね」

「それは、私も同じかな？　未来ってさ、思い通りにはいかないものだよね……けど、それがまたいいんだよね」

「ですね……俺も、いまの自分はちょっと予想できてなかったと思います」

　それぞれ一言ずつ告げたあと、俺たちはなにも言わずに夕焼けを見つめる。

　言葉にしなくとも、なんとなく……いまの俺たちが考えていることは同じだと思った。これから先も、こんな風に幸せな経験ができたらいいな……と、たぶん、そんな感じだ。

＊＊＊＊＊＊＊＊＊

　六王祭三日目を一緒に回ったフィーア先生とノインさんと別れ、ベルとリンをリリアさんの屋敷に戻すと、空はすっかり暗くなっていた。

とはいえ、まだ祭りは継続中であり、会場である都市は明るい。

道中の出店で果物を買って、俺はある場所……リリアさんたちが宿泊している場所へと向かっていた。レインボードラゴンの件で気絶してしまったジークさんのお見舞いだ。

事前にハミングバードで確認したところ、ジークさんはすでに目覚め、ポンと手に入った十億円ショックからも立ち直ったらしい。

というわけで、リリアさんたちの宿泊施設にやってきた。この宿泊施設もかなり巨大ではあったが、俺が泊まっているところほど非常識ではなく正直ちょっと羨ましい。

いや、クロたちが用意してくれた中央塔もいいんだけど……正直あまりに広すぎて、六王祭中に堪能しきれる自信はないんだよなぁ……。

「……いいですか、約束ですよ？　絶対に私の指示なくあの宝石を出しちゃ駄目ですからね！　知らない人にあげたりしては駄目ですよ」

「……」

宿泊施設付きの使用人に案内されて辿り着いた談話室らしき場所では、ジークさんが真剣な表情で話をして、レインボードラゴンが無言で頷くという光景があった。

「特に、あそこ……見てください。あのルナマリアという女性の顔はしっかり覚えてください。そして、絶対『彼女の言うことを聞いては駄目』ですからね。餌を持ってきても受け取っては駄目です。あと、私からの伝言ですとか、そんな手も使うと思いますが……絶対に信用してはいけませんよ。いま見たので知ってるでしょうが……『知らない人』だと思って接してください」

「……」

何度も絶対と繰り返しながら告げるジークさんの言葉を、少し後方にて唖然とした表情で聞いているルナマリアさん。

そして、そんなルナマリアさんの隣で苦笑を浮かべているリリアさんに近付くと、声が聞こえてきた。

「……私なら絶対やるだろうという、親友からのあまりにも深い信用。不肖、ルナマリア……涙を禁じえません」

「正直、私はジークの対処は正しいと思います」

「お嬢様⁉」

「俺もそう思います」

「ミヤマ様まで⁉　あ、あまりにも失礼ではありませんか？　これは、人格の否定に等しい行為ですよ。ええ、私は深く傷つきました」

大袈裟なリアクションでどこからともなく取り出したハンカチを口元に当て、泣いているような振りをするルナマリアさんに、俺は淡々と言葉を続ける。

「……でも、ジークさんが注意してなかったら、やってたんでしょ？」

「……まぁ……否定は困難ですね」

……やる。この顔は釘を刺していなかったら、絶対にやる顔だ。さすがルナマリアさん、まったくぶれない。ジークさんは親友だけあって、ルナマリアさんの性格も熟知しているみたいだ。

そこで話は終わりかなと思ったが、ジークさんは次にリリアさんの方をチラリと見てからレインボードラゴンに話しかける。

「……あと、あちらにいるリリ……リリア・アルベルト公爵は私たちが住む家の当主です。お世話になるのですから、基本的にはしっかり言うことを聞くように……」

「おぉ、リリアさんは高評価ですね」

「まぁ、私はルナと違ってお金儲けを考えているわけではありませんしね」

リリアさんの指示に関しては、基本的にはと前置きしてから従うようにと告げている。たぶん、宝石関係以外ではということだろう。

まぁ、リリアさんとしても八億～十億の宝石を渡されても困るだろうけど……気絶すらあり得る。

「……ただし、鱗が欲しいとか、たてがみを切らせてほしいとか言ってきたら、断ってください。あと部屋に連れ込まれそうになったら逃げてください」

「……え？　ちょ、ちょっと、ジーク……なにを？」

「リリは前に『リンちゃんを自分の部屋に連れ込もうとして噛まれた』前科がありますから、くれぐれも注意してください」

ちょっといま聞き捨てならない言葉が聞こえてきたような。リンを部屋に連れ込もうとして噛まれた？　リリアさんそんなことしてたの⁉

「……リリアさん、リンの飼い主としてあとで話があります」

「ご、ごめんなさい。一度だけ……でき心で……」

「あとで話があります」

「……はい」

リンも同意の上ならともかく、噛みついたってことは嫌がっていたんだろうしちゃんと注意はしておこう。まぁ、リリアさんも反省しているみたいなので、きつく言う必要はないだろうけど……。

そして次にジークさんは俺の方をチラリと見てから、再びレインボードラゴンに話しかける。あれ？　俺も？

「……あそこにいる男性。ミヤマカイトさんに関しては、ちゃんと言うことを聞くようにしてください。私のとても大切な人です。もしカイトさんが、宝石が欲しいと言ったらあげてください」

「……」

「カイトさんはさすがの高評価ですね」

「なんでしょう？　私の大切な人ですとか……惚気《のろけ》てるようにしか聞こえないんですが……」

ジークさんからレインボードラゴンへの注意というか話が終わる。まだ赤ん坊であるレインボードラゴンがジークさんの話をどこまで理解できたか疑問ではある。

だけど、アリスに調べてもらう時にレインボーダイヤモンドを出す指示にはしっかりと従ってたし、ジークさんの話にも要所要所で頷いたりしていたことを考えると、かなり頭はいいのかもしれない。

ただ、それでもやはり赤ん坊。話を聞き終えたあとは眠たくなってしまったのか、話を終えて椅子に座ったジークさんの膝の上に乗ったあと、丸くなって寝てしまった。

可愛らしいその仕草に癒されていると、いつの間にかリリアさんとルナマリアさんがいなくなっていることに気が付く。どうやら、俺とジークさんがふたりきりになれるように気を遣ってくれたみたいだ。

「……ジークさん、体調は大丈夫ですか？　すみません、変な騒ぎになってしまって……」

「いえ、謝らないでください。カイトさんのお陰でこの子と出会うことができたのですから……感謝してもしきれません。ありがとうございます」

ジークさんはいつもの優しい表情でそう告げたあと、「白金貨には驚きましたけどね」と付け加えてから苦笑し、俺もそれにつられて笑みを浮かべる。

そしてお土産の果物を渡したあと、ソファーに座るジークさんに促され、俺も隣に腰を降ろす。

……静かだ。リリアさんたちが気を回してくれた影響か、談話室には使用人もいない。俺とジークさんのふたりだけだ。だから、だろうか？　ジークさんと並んで座っていると、くすぐったいような……それでいて、ホッと落ち着くような不思議な感じだった。

「……そういえば、その子の名前って決まったんですか？」

「……いえ、そのことに関して、カイトさんにお願いがあります」

「お願い、ですか？」

「はい……この子の名前、カイトさんが決めてくれませんか？」

「へ？　お、俺がですか？」

その言葉は正直予想外だった。ジークさんにとっては念願のペットなわけだし、名前を自分で付けるのだろうと思っていたが……まさかここで俺に指名が来るとは思わなかった。

俺のネーミングセンスって……どうなんだろう？　ベルの名付けはアリスだし、リンはメアリさん。俺はペットの名前を付けたことはない……ぶっちゃけると、ネーミングセンスに自信なんて欠片《かけら》もない。

な、なんとか、穏便に断れないだろうか？

「……この子と出会えたのは、カイトさんのお陰げです。その、め、迷惑かもしれませんが……この子は『私たちの子供』みたいな存在だと思っていまして……だから、その、カイトさんに名前を付けてもらいたいんです」

「……」

「……駄目、でしょうか？」

「いえ！　ちょ、ちょっと待ってください。いま考えます」

断れねぇよ⁉　そんな、恥ずかしそうに頬を染めて俯き加減という、殺人的に可愛らしい表情でお願いされて、断れるわけがない。

可愛らしい彼女が、ここまで好意を持ってお願いしてきてくれてるんだ……これに応えなければ、男が廃る！

考えろ、振りしぼれ……俺の頭に存在する全知識よ、いまだけは俺に味方してくれ……。

「……って、その前に、その子って男の子ですか？　女の子ですか？」

「この子は、雌……女の子ですね」

「なるほど、わかりました。ま、任せてください」

名前、名前、女の子の名前……うぐぐ、難しい。ジークさんの期待に応えられるネーミング……閃け、がんばれ俺の頭！

……この子の種族はレインボードラゴン。レインボー……レイン？　いや、安直すぎるし、雨になってるし……。

う～ん、俺としては、翼は虹色だけどこの子はオーロラっぽく見えるんだよな。夜空のような黒い体に、エメラルドみたいなたてがみがあるし……そっちの線で考えてみるか。

オーロラ……オーロラ……そういえば、前にテレビでなにか見たような。なんだったたっけ？　たしか、オーロラの由来だったたか？　たしか、あの時に各国でオーロラをどう呼ぶかっていうのも特集してたはずだ。思い出せ……絞り出せ！

「……『セラス』……というのは、ど、どうでしょうか？　呼ぶ時は、セラとかで……」

「セラス、とても可愛らしい名前ですね。なにか由来があったりするんでしょうか？」

「えっと、俺のいた世界の言葉で……『夜明け』を意味する言葉なんです」

「夜明け、ですか？」

「はい。この世界には、オーロラってありますか？」

「オーロラですか？　ええ、私は見たことがありませんが、たしか死の大地で見られるものだったかと……」

どうやら、オーロラという現象はこの世界にもあるらしい。名付けたのは過去の勇者役とかだろうか？　まぁ、ともかく、それなら説明しやすい。

「俺のいた世界では、オーロラはちょうどこの子の体とたてがみみたいに、夜の空に深緑の光が見える自然現象でした。そして、そのオーロラの由来となったのが夜明けの女神でして、それにちなんだ名前にしてみました」

「……なるほど」

「……い、いかがでしょう？」

なんとか引っ張りだしたにわか知識を元に付けた名前は、俺としては結構いいできだと思う。女の子っぽい感じだし、愛称も呼びやすい……はずだ。

「……すごく、本当に素敵な名前です。カイトさん、ありがとうございます」

「いえ」

よかった……気に入ってくれたみたいだ。

ジークさんがセラスという名前を気に入ってくれたことに安堵して溜息を吐くと、丁度そのタイミングでジークさんがそっと俺の肩にもたれかかってきた。

「ジークさん？」

「……カイトさん。少し、こうしていてもいいですか？」

「……はい」

「……ありがとうございます。こうして、貴方と過ごす時間がなにより幸せです……貴方と出会えてよかった」

「ええ、俺も同じ気持ちです」

ジークさんの体が触れている部分から、じんわりと体が温まっていくように感じる。なんだろう？心が通じ合っているとでも言うのか……同じ幸せを共有しているという感じで、どうしようもなく心地いい。

「……カイトさん。私、セラスのこと……大切に育てますね」

「俺も手伝いますよ……ほら、なんたって、ふたりの子供……ですからね」

「……はい」

もたれかかってくるジークさんの肩を抱き、心から幸せな時間を堪能した。

＊＊＊＊＊＊＊＊＊

ジークさんとゆっくり雑談をしたあと、俺はリリアさんたちのいる宿泊施設から中央塔へと向かった。

祭りはすっかり夜の部に移行しているらしく、提灯《ちょうちん》のような光を放つ魔法具に照らされた道は、昼間よりもガヤガヤと騒がしいような気がした。

酒を飲んだり屋台で買い物をしたりしている人たちを見ていると、買い食いがしたくなってくるものだ。夕食に影響がない程度に、串焼きあたりを買うことにしよう。

やはり祭りの醍醐味と言えば、個人的には食べ歩きが一番だ。屋台通りは騒がしく、少し離れれば静かな祭り独特の雰囲気の中で、できたてを食べるのは本当に素晴らしい。

串焼きなんかを歩きながら食べるのもいいいし、少し屋台通りから離れた場所で足を止め、焼きそばなどを食べるのもいい。

……う～ん。なにを買おうかな……ワイバーン肉の串焼きもいいいし、イカ焼きっぽいものも捨てがたい。たこ焼きというのも実に王道だ。……いや、あえて甘いもの、りんご飴という選択肢もありだ。

歩きながら視線を左右に動かし、どの屋台で買おうかと思案していると……突然後ろから大きな、聞き覚えのある声が聞こえてきた。

「あー！　見つけたです！　カイトクンさ～ん！」

「……ラズさん？」

「はい！　こんばんはですよ、カイトクンさん」

背中の小さな羽を忙《せわ》しなく動かし、満面の笑みでこちらに向かって飛んできたのは、ラズさんだった。

ラズさんは俺の傍まで来ると、俺の周りをくるくると飛びながら、嬉しそうな表情で話しかけてくる……可愛い。

「こんばんは、ラズさん。こんな時間に会うなんて奇遇ですね」

「はいです！　ラズはカイトクンさんと会えて、と～っても嬉しいです！」

小さな体を精一杯動かしながら感情を表現するラズさんは、なんというか本当に可愛らしい。

やっぱりこの方は癒しだ。

「……ラズさんも屋台を見に来たんですか？」

「はいです！　ラズはお昼の間、クロム様のお手伝いでお野菜さんを運んだりしてたです！　それが終わったので、アハトくんとエヴァさんと一緒にお祭りを見に来ました～。でもでも、ラズは途中でカイトクンさんの魔力をビビッと感じたです！　それで、会いに来ちゃいました。えへへ」

なんだろうこの可愛い生き物は……。説明ひとつとっても、小さな体を動かしてジェスチャーを交えるので、非常に愛くるしい。

妖精ってみんなこんなに可愛いんだろうか？　だとしたら、一度妖精族の住処《すみか》にも遊びに行きたいものだ。

「カイトクンさん、カイトクンさん。いま、時間はあるですか？　あるなら、ラズたちと一緒にお祭りを回りましょう！」

「……そうですね。あまり遅くまでは無理ですが、ラズさんたちさえ構わないのなら是非」

「ホントですか⁉　わ～い、カイトクンさんと一緒です！」

丁度俺も少し屋台を見ようと思っていたので、ラズさんの提案を了承する。そして、アハトたちがいる場所に向かって一緒に移動する。

ラズさんは本当に嬉しそうで、ニコニコと愛くるしい笑みを浮かべながら俺の隣を飛んでいる。

「あっ、そういえば、ラズさん」

「なんですか？」

「実は昼間に、ノインさんから……えっと、ラズさんの能力について教えてもらいました。ラズさんってすごいんですね」

いちおう昼間にノインさんから話を聞いたことは伝えておくことにした。まぁ、ノインさんが話してくれたということは、別に言っちゃ駄目というわけではないだろうけど……本人には伝えておくのが筋だろう。

「むむっ、そうなんですか……カイトクンさんは、ラズの能力を知ってしまったのですね」

「え、ええ……」

俺の言葉を聞いたラズさんは、なぜか神妙な顔つきで呟いた。思っていた反応と違う……あれ？　もしかして、あまり知られたくない話題だったのかな？　ラズさんは戦いが嫌いだって言ってたし……もしそうなら、謝罪を……。

「知られてしまったのなら、仕方ないです……そう！　カイトクンさんも知っての通り！　ラズは『お花さんを咲かせる』ことができるです!!」

「……え？」

「ラズは花の妖精ですからね。お花さんをいっぱい咲かせることができるです！　お野菜さんはちょっと勝手が違いますけど……ラズの能力で、すくすく美味しく育つです!!　ふふふ、ラズの秘密の能力ですからね……内緒ですよ？」

「は、はぁ……」

あれ？　本当に予想外の展開になってきたぞ。花を咲かせる能力？　必中の矢とかじゃなくて？

「どうしたですか？」

「あ、いえ……そうなんですね。ラズさんはすごいですね」

「え？　そ、そうですか？　ラズ、すごいですか？」

「はい、ラズさんはとってもすごいですよ」

「えへへ、そうですか？　カイトクンさんに褒められて、ラズとってもうれしいです！」

心底不思議そうに首を傾げるラズさんを見て確信した。この人にとって、必中の矢だとか長射程の攻撃だとか、そういうものは……どうでもいい能力なんだろう。

優しいラズさんは、戦いなんて必要に迫られなければするつもりもなく、能力と言われて真っ先に思い浮かぶのは花を咲かせる力の方らしい。

「……それで、こ～んなおっきなお野菜さんが採れたですよ！」

「へぇ、ラズさんは野菜作りの達人なんですね」

「えっへん！　ラズのお野菜さんはと～っても美味しいんですよ！」

「それは、俺も是非一度食べてみたいですよ」

「任せてください！　今度カイトクンさんにもあげますよ～両手にい～っぱいあげるです！」

ラズさんはもの凄く楽しそうにしており、先程からひっきりなしに話しかけてきていた。明るく、いつも笑顔のラズさんとの会話は楽しく、はしゃいでる姿はとても愛らしい。

お陰で俺もずっと笑顔……なんというか、日頃の疲れなんかが全部癒されていくように感じる。

そんな感じで楽しく移動していると、それなりに離れた前方に見覚えのあるふたつの背中が見えた。間違いなくアハトとエヴァだろう……人間の姿になってるみたいだ。まぁ、アハトは大きいし、祭りを回るには人型の方が都合がいいのかもしれない。

うん、それはいいとして……なんでふたりとも『地面に座ってる』のだろうか？

「アハトく～ん！　エヴァさ～ん！　お待たせしました！　カイトクンさん、連れてきたですよ～」

俺がふたりの様子に疑問を抱いていると、ラズさんが明るい声でふたりの名前を呼びながら近付く。すると、アハトが振り返り、なにやら焦った表情で口を開いた。

「ラ、ラズ姐《ねえ》!?　それに、カイト!?　だ、だめだ……逃げるんだ！」

「「え？」」

「アハトの言う通り、ここは危険だ！　早く逃げな!!」

さらにエヴァまでアハトに同意をして、俺たちに逃げるように告げてきた。もちろん俺とラズさんは首を傾げたが……直後に聞こえてきた声で、俺はふたりの言葉の意味を理解した。

「……私の話の途中で後ろを向くとは、いい度胸ですね。アハト、エヴァル」

「「ひぃっ!?」」

そう、ツヴァイさんである。地面に正座するアハトとエヴァの前、腕を組んで仁王立ちする姿は離れていても威圧感が伝わってきた。

「……はぁ、嘆かわしいことです。私がしばらく目を光らせていないと、ずいぶん気が緩むようですね。これは、家族全員を一通り見て回る必要がありそうですね……まぁ、その前に貴方たちの件ですが……」

「……エ、エヴァ……な、なんとかしてくれ……」

「無茶言うんじゃないよ⁉　ツヴァイの姐御《あねご》に逆らえるわけないでしょうが！」

「私語は慎みなさい。それとも、黙らせてあげましょうか？」

「「も、申し訳ありません‼」」

怖い……俺が怒られてるわけじゃないのに、ツヴァイさん……マジで怖い。

アハトたちは大量の冷や汗を流し、俺もその鋭い空気に気圧されている状況。そんな空気を、鈴が鳴るような可愛らしい声が粉砕した。

「あ～！　ツヴァイお姉ちゃんです！　こんばんは～」

「……おや？　ラズリアですか？　ええ、こんばんは、久しぶりですね」

「ツヴァイお姉ちゃん、いつ来たですか？　会えて嬉しいですよ～」

「数時間前ですね。クロム様への挨拶を優先しましたので、会いに来るのが遅くなりましたね。貴女も元気そうで安心しました」

「はいですよ！　ラズはいつも元気です！」

さ、さすがラズさん。あの怖いツヴァイさんにまったく物怖じしてない……ラズさんのコミュ力は化け物レベルかもしれない。

「アハトくんたち、なにかしたですか？」

「少し身だしなみを注意していたところです」

「身だしなみですか〜ツヴァイお姉ちゃん、ラズはどうですか？」

「……ふむ、服も綺麗にしていますし、髪も整えられています。素晴らしいことです」

「わ〜い、ツヴァイお姉ちゃんに褒められました！」

「ただ、元気がいいのは結構ですが、節度は守らなければなりませんよ？」

「了解です！」

明るく話すラズさんの言葉に、ツヴァイさんも微笑みを浮かべて答える。

ラズさんと話していると、ツヴァイさんが普通の妹思いの姉に見えるから不思議だ。いや、あくまで俺は怒っているツヴァイさんしか見たことがないだけで、説教とかをしている時以外は、意外と優しいのかも……。

「……さて、アハト、エヴァル、話の続きをしましょうか？」

「「ひゃい!?」」

……うん。やっぱ怖い。先程までラズさんに向けていた微笑みはどこへ消えたのか、冷たく鋭い目でアハトとエヴァを睨みつけている。

「いいですか？　そもそも、身だしなみとは……」

「……え？」

そしてアハトたちに説教を行おうとしたツヴァイさんは、その途中で俺に気付き、こちらに視線を向けてきた……って、やっぱり怖っ!?　な、なんでそんな睨みつけるような目で!?

「……ミヤマ様ではありませんか、偶然ですね」

「あ、は、はい！　ここ、こんばんは⁉」

「こんばんは、偶然とはいえ、こうして再会できたこと、嬉しく思います」

……嬉しいって感じの顔してないんですけど⁉　親の仇を見るような目で見られてるんですけど⁉　も、もしかして……説教の邪魔したから怒ってるのだろうか？

い、いや、確かに結果として二度ほど水を差すような形になってしまったけど、狙ってやってるわけではないんだけど……。

＊＊＊＊＊＊＊＊

どうしてこんな状況になったんだろうか？　俺はただ、偶然会ったラズさんと一緒に夜祭りを見て回ろうと思っただけなのに……。

ひたすらこちらを睨みつけてくるツヴァイさんに戦々恐々としながら冷や汗を流す。そしてしばらくしてツヴァイさんが俺から視線を外したので、ホッと胸を撫で下ろした。

時間にすればほんの数分だが、まるで何時間も睨みつけられていたかのような疲労感……やっぱり俺、なにかツヴァイさんを怒らせるようなことをしたのかな？

俺から視線を外したツヴァイさんは、アハトとエヴァの前へ移動して静かに口を開く。

「……アハト、エヴァル」

「「は、はい！」」

「以後、気をつけるように……身だしなみは大切ですからね」

「『はい!!　……え？』」

ツヴァイさんが告げた言葉に大きな声で返事をしたあと……なぜか、アハトとエヴァは信じられないものを見たと言いたげな表情に変わっていた。

「……ふたりのことを真に思うのならば、ここは厳しく叱りつけなければなりません。が、しかし……ごめんなさい、アハト、エヴァル。私は……カイト様に『怖い女』だと思われたくないのです。指導は後日行いますので、いまは打算的な姉を許してください」

ツヴァイさんは最後になにか小さな声で呟いていたみたいだが、距離がそれなりにあったため内容までは聞き取れなかったが、表情は鋭いままだったので……なにか俺に関することを呟いたのかもしれない。

アハトたちとの話を終えたあと、またツヴァイさんが俺を睨みつけてきた。なんというか……俺はいま、蛇に睨まれた蛙の気持ちを痛いほど理解していた。

そんなある意味窮地とも言える状況の俺を助けるかのように、ラズさんがツヴァイさんの前にパタパタと羽を動かして移動してくる。

さ、さすがラズさん！　空気の読める妖精だ！　どうか、この射殺すような視線をやめさせ……。

「……ツヴァイお姉ちゃんも、ラズたちと一緒にお祭りを回りませんか～？」

……前言撤回。助け舟かと思ったら追い打ちだった。いやいや、駄目でしょ、ラズさん⁉　俺にも原因はわからないけど、いまもの凄く険悪な雰囲気になってるからね！　お願い、空気読んで⁉

い、いや、待て……大丈夫だ。ツヴァイさんは俺を嫌ってるみたいだし、それにもの凄く忙しい方だという話だ。

ラズさんの誘いに首を縦に振るわけが……。

「……そうですね。少々『心配なこと』もありますし、同行しましょう」

「「ッ⁉」」

「わ～い、ツヴァイお姉ちゃんも一緒です！」

アッサリと頷いたツヴァイさんを見て、アハトとエヴァル……そして俺の表情が絶望に染まる。

なんでだぁぁぁぁ⁉　なんで、了承するの⁉　心配なことがある？　……それ絶対アレでしょ？　ツヴァイさんは家族想いって聞いたし、俺がラズさんたちに変なことをしないか……み、見張るつもりなんだ。

ツヴァイさんはラズさんと話しながらも、半端ではない目力で俺を睨みつけて、視線を一切外さない。

「……やはり、カイト様の顔色が悪いですね。それに発汗も多い……やはり、体調が悪いのでしょうね。カイト様は聖者の如く清らかな心をお持ちの方ですから、ラズリアに誘われて断り切れなかったのでしょう。心配ですね……いざという時は、私がお助けしなければ！」

やっぱなんか、微かに口が動いているというか、小さな声でなにか呟いているというか……少ししか聞き取れなかったけど「いざという時は」とか、言ってたような……俺がなにかやらかさないか監視するってことなのか？

この射殺すような視線を身に受けながら、祭りを回らなければならないとは……本当に、どうしてこうなった？　うぅ、後でリリアさんに胃薬分けてもらおう。

「ツ、ツヴァイの姐御⁉　そ、その、姐御は忙しいんじゃ……」

「そ、そうですよ！　ラズ姐には私とアハトでしっかり言い聞かせますから、無理はしなくても……」

「心配してくれて、ありがとうございます。確かに少々明日からのスケジュールを詰める必要はありますが……それよりも優先すべきことがあります」

「「そ、そうですか……」」

「恥ずかしい話ではありますが、私はアインほど器用ではありません。ひとつのことに集中すると、周りが見えなくなるという悪癖もありますからね。いまは仕事のことは忘れて、この件に専念することにします」

「「ア、ハイ」」

専念するってなんにだぁぁぁぁ⁉　排除？　まさか俺の排除なのか⁉　仕事を忘れて、俺の監視に全力を注ぐつもりであらせられる……あわわ、なんで、こんなことに……。

「では、ミヤマ様。おそらく『短い期間になるでしょうが』……よろしくお願いします」

「……ひゃい」

短時間で片をつける気でいらっしゃる⁉　ま、間違いない。ツヴァイさんは、俺が僅かでもＮＧ行動をとったら、即刻排除するつもりだ！　怖すぎる……完全に罰ゲームじゃないか……。

ツヴァイさんは規則正しい足運びで、茫然とする俺の前まで移動して……ラズさんたちには聞こえない小さな声で告げた。

「……大丈夫です。私は、貴方様から片時も目を離すつもりはありません。私が後方に控えておりますので、安心して祭りをお楽しみください」

「……はい」

ひ、ひぃぃぃぃ⁉　く、釘を刺しに来たぁぁぁぁ⁉

後方から俺の僅かな失態すら見逃さないように監視してるってことだよね？　も、もう、本当に、何度目になるかわからないけど……どうしてこうなった？


夜祭りは多くの人たちで賑わい、お酒が入っている人も多いからか非常に騒がしい……はずだ。だけど、なんだろう？　この嫌な静けさ、背筋が冷たくなるような感覚は……。

「……」

いや、原因なんてわかり切ってる。先程から俺の三歩後ろを歩きながら、言葉通り片時も目を離さずに睨みつけてきているツヴァイさんのプレッシャーのせいだ。

本当になんでこんなに嫌われてしまったのか……って、うん？　嫌われてる？　待てよ……よくよく考えてみれば、別にツヴァイさんが直接俺に嫌いだとかそんなことを言ったわけではない。

まだ出会って間もないけど、ツヴァイさんはそういうことを遠慮なくズバッと言いそうなイメージだ。

となると、もしかして、ツヴァイさんは仲良くなるまでは、こんな感じで塩対応の可能性もあるってことだ。うん、もしかすると、会話してみれば意外と話がはずむかもしれない。

領主みたいな仕事してるんだから初対面の相手に塩対応なわけがないとか、凄まじい威圧感で睨みつけてきてるとかは、この際忘れて……は、話しかけてみよう。

い、いくぞ……俺のコミュ力をフルパワーにして笑顔で……。

「ツ、ツヴァイさんって、集中すると周りが見えなくなったりすることがあるんですか？」

「はい」

「じ、実は俺も似たような癖があるんですよ。奇遇ですね」

「そうですか」

「……はい」

「……」

「……」

会話続かねぇぇぇぇ⁉　射殺すような目と淡々とした口調のコンボで、会話を広げることができない。くっ、俺のコミュ力では限界だというのか……あっ、コミュ力おばけのラズさんがこっち見てる。

「わ～カイトクンさん、すごいです！　もう、ツヴァイお姉ちゃんと仲良しさんなんですね～」

「……」

どこをどう見たら仲良しに見えるのか、ちょっと詳しく説明してもらえませんかね？　完全にへビとカエルの構図だからね⁉　アハトとエヴァも目を逸らさずに助けに入ってくれないかな……。

……まいった。ここまで会話に苦戦したのは、初めてシロさんと出会った時以来だ。

それでもシロさんはまだ、こちらを睨みつけていたわけではなかったので、なんとか上手く会話ができたが……ツヴァイさんの目力が凄まじすぎて、どうも上手くいかない。

なにか、仲良くなれるきっかけでもあれば……。

そんなことを考えながら足を進めていると、突然大きな怒声が聞こえてきた。

「なんだと！　戦うことしか能のない戦王配下の分際で！」

「テメェらこそ、こそこそ隠れてるだけだろうが‼」

聞こえてきたその声に振り向くと、なにやら喧嘩が起っている感じだった。ちなみに俺とラズさん、アハトとエヴァは声のした方向を向いたが……ツヴァイさんは俺を睨みつけたまま視線を外さない。どうやら怒声が聞こえないほど俺の監視に集中しているらしい。

「……またやってるよ。戦王配下と幻王配下……」

「アイツら、本気で仲悪いからなぁ……っと、巻き込まれても面倒だし、さっさと離れようぜ」

エヴァとアハトが呆れたような表情で呟く。う～ん、本当に戦王配下と幻王配下は犬猿の仲みたいだ。

そしてアハトの言葉通り、巻き込まれる前に離れようと思ったタイミングで……事件は起った。

戦王配下が持っていた酒瓶を投げつけ、幻王配下がそれを手で薙ぎ払うと、手に当たった瓶は砕け散る。そして、砕けた酒瓶から飛んだほんの一滴の酒が、俺をジッと睨みつけていたツヴァイさんの頬に当たった。

飛んだ滴は本当に小さく、気付くかどうか疑問に感じるレベルではあった。しかし、ツヴァイさんはそこで初めて俺から視線を外し、そっと自分の頬に手を当てる。

そして、手袋をした手で頬を軽く擦ったあと、その手を顔の前に持っていき……カタカタと震え始めた。

「……ぁっ……ぁぁ……」

変化が起ったのはツヴァイさんだけではなかった。他の三人もなぜか『世界が終わったかのような絶望的な表情に変わっていた』。

「や、やべぇ、やべぇよ……」

「ラズ姐!! すぐにアインの姐御に連絡を！ 私たちじゃ止めきれない⁉」

「わ、わわ、わかってるです！」

い、いったいなにが起ってるんだ？ あのラズさんさえ、顔を真っ青にして慌ててる。

俺ひとりだけ状況がわからず混乱していると、ラズさんがどこからともなく取り出した弓で、空に向けて矢を放った。

そして、それとほぼ同時に……凄まじい怒声が周囲に響き渡った。

「貴様らぁぁぁ！ よくも、よくも、『クロム様にいただいた私の体に汚れを』……貴様ら全員！この世に肉片ひとつ残ると思うな！ 皆殺しだ!!」

「ッ⁉」

地獄の鬼もかくやというような凄まじい表情を浮かべたツヴァイさんだった。か、完全にブチ切れていらっしゃる⁉

まさに怒髪天を衝《つ》く……大気が震えるほどの怒りを纏ったツヴァイさんが、青ざめた表情を浮かべている戦王配下と幻王配下に突っ込もうとした瞬間、ツヴァイさんの目の前にアインさんが現れた。

「落ち着きなさい、ツヴァイ」

「どけ！　アイン‼　クロム様に作っていただいた……私の至高の体に！　一切の汚れすら許されない究極の体に！　あのゴミどもは‼」

「……貴女がクロム様に作ってもらった体を誇りに思っているのは知っていますし、その体を汚さないように『常に手袋』をしているのも知っています。しかし、貴女が暴れればこの周辺は焦土と化すでしょう……クロム様はそれを望みませんよ？」

「ぐっ……お、抑えろというのですか？　この身を焦がすほどの怒りを……」

クロが望まないという部分に反応し、ツヴァイさんは目を血走らせながら唇を噛む。

「我慢しなさい……あと、『カイト様が怯えてますよ』」

「なっ⁉　あっ……」

続けて放たれたアインさんの言葉を聞いて、ツヴァイさんは驚愕した表情でこちらを向くが……

俺はそれどころではなく、混乱していた。

いや、怖がっていたり怯えていたりというわけではない。ツヴァイさんの怒りに関しては、人それぞれ大切なものがあると思うので怯えたり引いたりするつもりはない。

では、俺がなにに混乱しているのかというと……『ツヴァイさんから伝わってくる感情』に対してだった。

先程までは、ツヴァイさんが魔力を抑えていたため感応魔法で感情を読み取ることはできなかった。しかし、いまは怒りで魔力の制御が乱れているのか、ツヴァイさんの感情が伝わってきていた。

こちらを向いて困ったような表情を浮かべているツヴァイさんから伝わってくる感情。それは、困惑と焦りと……押し潰されそうなほどに大きい『好意』だった。え？　どういうこと？

俺は正直、ツヴァイさんに嫌われていると思っていた。だからこそ、ツヴァイさんから伝わってきたあふれんばかりの好意に対し――完全に混乱していた。

ツヴァイさんから伝わってきた予想外の感情に困惑していると、ツヴァイさんは気を取り直すように軽く顔を振り俺の前まで歩いてきた。

もう魔力を抑えているのか、俺の目の前に立ったツヴァイさんの感情は読み取れなくなっていた。

「……申し訳ありません、ミヤマ様。お見苦しいところをお見せしました」

「あ、いえ、それは大丈夫なんですが……」

う～ん、こうして目の前にすると、やはり先程伝わってきた感情は気のせいじゃないかとすら思えてくる。ツヴァイさんは、相も変わらず俺を鋭い目つきで睨みつけるようにしている。

クールで丁重な喋り方も雰囲気の鋭さに拍車をかけているが、先程までのような恐ろしさは感じなかった。

「……あの、ツヴァイさん。突然ですけど、お願いがあります」

「はい？　なんでしょうか？」

「……ぶしつけですけど、ちょっと、魔力を抑えるのをやめてもらっていいですか？」

「……わかりました」

突然のお願いにもかかわらずツヴァイさんはすぐに従ってくれ、抑えていた魔力を解放してくれた。そして、俺の感応魔法によって読み取った感情は……押し潰されるかと思うほど大きな好意だった。

や、やっぱり、好意的な感情しか伝わってこない……嫌われてるどころか、ビックリするぐらい好かれているように感じる。

……目は、相変わらず睨みつけてきてるんだけど……あれ？　なんだろう？　本当にわからなくなってきた。ツヴァイさんは俺に好意的な感情を抱いていると認識すると、いままでの考えに矛盾が出てくる。

俺はてっきり、ツヴァイさんが付いてきたのは、どこの馬の骨ともしれない俺が家族にちょっかいを出さないように監視するためだと思っていたが……その仮説は、現在のツヴァイさんの感情を知って崩れ去った。

「……その、えっと、ツヴァイさん」

「はい？」

「……なんで、その、俺たちに付いてこようと思ったんですか？」

思い切って尋ねてみると、ツヴァイさんは少し左右に視線を動かし、ラズさんたちに視線を向ける。

ラズさんと、アハト、エヴァは少し離れた場所にいて、アインさんも喧嘩していた戦王配下と幻王配下に忠告をしている様子で、同様にやや離れた場所にいる。

ラズさんたちとアインさんが離れているのを確認してから、ツヴァイさんは小声で告げてきた。

「……差し出がましい真似だとは思いますが、ミヤマ様の顔色が悪いようでしたので……必要な時にお傍にいれば、サポートも可能かと思い、同行しました」

「……」

えっと、つまり、こういうこと？　俺はツヴァイさんが怖くて、冷や汗を流していたんだけど、それを見たツヴァイさんは俺の体調が悪いのだと思い込んだ。

そして、そのままラズさんたちと祭りを回っていて、途中で体調が悪化するといけないと思い、すぐに助けられるようにわざわざ同行してくれたと……えっと、つまり、ツヴァイさんが言ってた『心配なこと』ってのは、俺の体調だったというわけで……。

どうしよう、善意百％なんだけど……排除されるだとか、怖いだとか考えてたのを思い出すと、罪悪感が凄まじいんだけど⁉

「……ミヤマ様？　大丈夫ですか？　やはり顔色が優れないように見えます。ラズリアたちには、私から話を通しますので、お休みになってはいかがでしょうか？」

「……」

相変わらず目は俺を睨みつけている。でも口から出る言葉と伝わってくる感情は、純粋に俺を心配してくれている。

「……その……えっと……ツヴァイさん」

「はい？」

「ごめんなさい！」

「……は？」

罪悪感に押し潰されそうだった俺は、大きな声で謝罪して頭を下げる。しかし、ツヴァイさんにしてみれば俺の行動はまったくの予想外であり、唖然とした様子で首を傾げていた。

そして、そんなツヴァイさんに俺はすべてを白状した。ツヴァイさんを怖い人だと誤解していたこと、嫌われているのだと思っていたこと、そして俺を排除するために付いてきたのだと邪推したこと……そのすべてを包み隠さず伝えることにした。

それなりに時間をかけてすべてを話し終え、恐る恐るツヴァイさんの顔を見る。怒られても仕方ないと思っていたが、ツヴァイさんの表情は変わっていない。

こ、これはどうなんだろう？　あまり気にしてないってことなのかな？　だとしたら……。

「……なるほど、話はわかりま――ッ!?」

と思ったら『膝から頽《くずお》れた』!?

「ツ、ツヴァイさん!?　だ、大丈夫ですか？」

「ツヴァイ！　気をしっかり持ってください！」

崩れ落ちたツヴァイさんに俺が慌てて声をかけるのと同時に、異常を察知したアインさんがツヴァイさんの肩を抱えるように持って支える。

ツヴァイさんは表情こそほとんど変化していないものの、顔色が真っ青と言っていいような感じになっており、声を震わせながらアインさんを見た。

「……ア、アイン。わ、私は、もう、駄目かもしれません……し、知らずとはいえ、カ、カイト様を怖がらせてしまいました……カ、カイト様に嫌われて……」

「嫌ってません！　嫌ってませんから!!」

「あ、ぁぁ……カ、カイト様……も、申し訳ありません。違うのです私は決してカイト様を怖がらせようとしたわけではなくむしろ仲良くできればと考えていましたし自分では友好的だったつもりでしたが配慮が足りませんでした弁明をさせていただけるならカイト様のことを睨みつけていたわけではなく緊張して表情が崩れてしまうのを防止しようとした結果表情が固まってしまいました言い訳であるのは理解していますがしかし私も決して意図したことではなく」

「ま、待ってください！　き、聞きとれないです!?　というかどうやっていま喋って……」

「落ち着きなさい、ツヴァイ。貴女は魔導人形ですからそんな喋り方もできますが、カイト様には聞き取れません」

まるで機械音声の如く、息継ぎを一切せずに高速で喋るツヴァイさんの言葉は半分以上聞きとれなかったが、謝罪と弁明をしているのだけは伝わってきた。

どうもツヴァイさんは、俺に怖がられていたというのが相当ショックらしい。な、なんとか、元気付けないと……。

「ツ、ツヴァイさん。元はと言えば俺が誤解していたのが悪いんです！　俺は決してツヴァイさんを嫌ったりしません！　むしろもっと仲良くなりたいと思っています」

「は？　え？」

「お互いすれ違いはありましたけど、それはいま解消されました。これからいくらでも親睦を深めていけると思います。なので、ツヴァイさん」

「は、はい！」

「俺にもう一度、貴女のことを深く知るチャンスを下さい。もっと貴女のことが知りたいし、貴女の心に近付きたいんです。だから、ね？　これからも仲良くしてくれませんか？」

「は、はぃ……カイト様が、お望みなら……」

よ、よしなんとか軌道修正……あれ？　待て……落ち着け？　いま俺、なにを言った？　待って！　ちょっと待って⁉　なんか口説いたような感じになってない？

あと俺、いつの間に『ツヴァイさんの手を両手で包み込むように握った』？　……あれ？

拝啓、母さん、父さん――どうも俺はテンパるととんでもなく恥ずかしい台詞を口走ってしまうらしい。冷静になって考えると、顔から火が出そうなんだけど……あの、これ――やり直しとか駄目かな？

＊＊＊＊＊＊＊＊＊＊

ツヴァイさんとの間にあった誤解も無事解け……まぁ、若干問題ある解決方法だった気がしないでもないが、とりあえずツヴァイさんとの関係は改善された。

そのままラズさんたちを含め、一緒に夜祭りを回ったあと、ツヴァイさんは仕事があるということで帰っていった。

去り際に「是非私が預かってる街に遊びに来てください」と誘いを受けたので、六王祭が終わったあとにでも時間を見つけて遊びに行くつもりだ。

ツヴァイさんの管理している街というと、たぶん以前に少しだけ訪れたクロの城がある街のことだろう。あの時はオルゴール作りにいっぱいいっぱいで回る余裕はなかったので、ありがたい申し出だった。

そのあとはラズさんたちと一時間ほど夜祭りを回り、夕食の時間が近付いていたので、俺もそこでラズさんたちと別れて中央塔に向かった。

中央塔へ比較的空いている道を選びながら歩きつつ、俺は今日のことを思い返していた。

今日は本当にいろいろな人と出会った。同じ祭りに参加してるんだし、ああして会うこともあるだろうけど……この広い会場であそこまでの遭遇率は、ちょっと驚きだ。

中でもツヴァイさんは衝撃的だった。実際は敵意を持っていたわけじゃないけど、ああいう風に冷たい感じで対応されることは少なかったから、かなり戸惑ってしまった。

そう考えると、俺は本当に周りの人に恵まれ……。

「……あれ？」

「チッ……カイトか……」

ツヴァイさんの態度に関しては俺の誤解、俺がどう感じているかツヴァイさんがわかってなかったことですれ違ってしまった。しかし、俺の知り合いにはもうひとり辛辣な対応をしてくる方がいる。しかもこの方に関しては、全部わかった上で塩対応している感じだ。

「……なんでシアさんは、俺に会うたびに舌打ちするんですか？」

「……別に、お前がどうというわけじゃない。私は孤高の女神だからな、構われるのが嫌いなんだ」

人通りの少ない道で偶然出会ったシアさんは、相変わらず不機嫌そうな表情を浮かべて返答してくる。まぁ、シアさんに関しては、俺を嫌ってるとかじゃなくてこの対応がデフォってだけなんだけど……。

「シアさんって……ぼっちなんですか？」

「その言葉の意味はわからないが、馬鹿にされているということはわかった……殴るぞ」

「す、すみません。けど、こんなところで会うなんて奇遇ですね」

「……そうだな」

まぁ、少なくとも名前を呼んでくれて、話しかければ話に付き合ってくれるわけだし、嫌われているというわけではないと思いたい。まぁ、初対面で嫌いだとか言われたけど……。

そんなことを考えていて、俺はふとあることを思い出した。そういえば、シアさんにはフィーア先生の件でお礼をしようと思ってたんだ。なかなか会う機会がなかったので、これはある意味いいタイミングと言える。

「そういえば、シアさん。お礼が遅くなってしまいましたけど、以前力を貸していただいてありがとうございます」

「ふんっ……別に、アレはお前があまりに情けないから気まぐれで力を貸してやっただけだ」

「それでも、本当に助かりました。せめてものお礼に、これを受け取ってください」

「……うん？　なんだこれは？」

そっぽを向きながら悪態をつくシアさんに対し、俺は苦笑しながら以前シロさんに創ってもらった激辛の野菜……らしき形状のものをマジックボックスから取り出す。

辛党のシアさんに対しては、最高のお礼……になると思うんだけど、どうなんだろう？

この野菜はシロさん曰く、シロさんの加護がある俺が食べても数日は味覚を失うレベルであり、普通の人間が食べたら死亡するレベルの辛さらしい。

シアさんは俺が取り出した野菜を見て、不思議そうな表情を浮かべながら受け取った。ちなみにこの野菜、匂いはまったくなく、触れても皮膚に影響があったりはしない。

そしてシアさんは何度か野菜と俺の顔を交互に見たあと、その野菜を一口かじり……カッと目を見開いた。

「なっ、なんだこれは⁉　す、すごい……こんな美味しい食べ物、初めて食べた！」

「……」

なお、繰り返しになるが普通の人間が食べると死ぬシロモノである。

「このかつてないほどの辛味、それなのにクセがなく上品な味わい……至高だ。これこそ、私がずっと探し求めていた食材……」

「えっと……はい」

「カイト！　これをいったいどこで手に入れた？　教えてくれ、頼む！」

「あっ、えっと、これは……」

もの凄い勢いで食い気味に尋ねてくるシアさんに、この野菜はシロさんに創り出してもらったものだということと、種を植えれば三日で育つことを説明する。

シロさんが創ったという部分には驚愕していたシアさんだが、種を受け取るころには珍しく嬉しそうな表情を浮かべていた。

「……さすがはシャローヴァナル様。この味を簡単に量産できるとは……本当に素晴らしい」

「喜んでもらえたなら、良かったです」

「ああ、すまないカイト、感謝する。私の中でお前の評価が急上昇している」

「そ、そうですか……」

「自信を持て、お前はちゃんと『知的生命体』だ。私が保証する」

「そこに関して自信なかったことは、いまだかつて一度もありませんけど⁉」

というか、ようやく知的生命体と認められるレベルって……いままでどれだけ低い評価だったんだ俺……。

偶然会ったシアさんに以前のお礼を言って、シロさんに創ってもらった激辛野菜の種を手渡したあと、ようやく中央広場に辿り着いた。

いや、それにしても……本当に何度も思ったけど、今日はいろいろ人と出会ったなぁ……。

クリスさん、エデンさん、フォルスさん、ラグナさん、マグナウェルさん、ツヴァイさん、ラズさん、アハト、エヴァ、アインさん、そしてシアさん……会話をした相手だけでもこれぐらい。リリアさんたちもカウントするなら実に十四人もの人たちと遭遇している。

いや、まぁ、みんな同じ祭りに参加しているので絶対にありえないというわけではないが、この馬鹿みたいに広い会場でたまたま遭遇する確率を考えると、もの凄い遭遇率と言っていいだろう。

まぁ、もうすぐ中央塔なので、これ以上誰かと会うことは……。

「……おい、変態。私の前に現れるなと何度も言ったはずだ。死にたいのか？」

「見ているだけで、暑苦しい……下賤な脳筋は相も変わらず知能が足りない……いますぐ私の前から消えるなら、逃がしてやるが？」

「……」

……なんかいる。中央広場のど真ん中で睨み合ってるのが……。あぁ、だから中央広場に全然人影がないのかぁ……。

そりゃそうだよね。片や戦王五将筆頭、片や最強の伯爵級高位魔族……どう見ても相性が悪そうなふたりは、殺気を撒き散らしながら言葉を交わしていた。

「……なぁ、アリス。俺の勘違いだったらアレだけど……アグニさんとパンドラさんって、仲が悪い？」

「ええ、ぶっちゃけ最悪の仲です……というか、メギドさんの配下と私の配下が仲悪い原因は、あのふたりが超絶に険悪な関係だからっすね」

どうもアグニさんとパンドラさんは、本気で仲が悪いらしい。アインさんとクロノアさんのように互いを認め合ったライバルというわけではなく、互いが仇敵みたいな関係っぽい。

まぁ、確かにふたりの性格を考えてみても、噛み合う気がしないけど……。

「私は、部下が迷惑をかけた件でミヤマ様に謝罪に来ただけ。貴様に用はない。今日ばかりは見逃してやる。すみやかに私の前から消えろ」

「あぁ、よかった。戦王配下等という無礼極まりない害虫がミヤマ様に近寄らぬように見張りに来たが、本当に来てよかった。特に始末の悪い害虫がミヤマ様に寄りつこうとしているとは……無礼極まりない」

「貴様のような変態が周りをうろつく方が、よほど無礼だろうが」

「はぁ、脳筋は頭だけでなく目も悪いようだ……私が変態？　ははは、笑わせてくれる。私はただ、ミヤマ様に『荒縄や鎖を用いて私の体を縛って』いただいた上で、『獣欲の赴くまま精根尽き果てるまで凌辱』していただきたいだけだ!!」

「どこからどう見ても変態だろうが!!」

アグニさんに全面的に同意である。というか……なにとんでもないこと考えてるんだパンドラさん⁉　駄目だこの人……早くなんとかしないと……。

「……アリス、お前の部下だろ、なんとかしてくれ」

「……いえ、あの子の性癖に関しては、私はもうすでに匙投げたので……管轄外です」

　パンドラさんのあまりの願望にドン引きしていると、その間にもふたりの言い合いはどんどんエスカレートしていく。

「……貴女の方こそ、枯れた男に言い寄る雌ゴリラだろう？　あぁ、失敬。言い寄って振られているが正しかったな……」

「おい、変態女、私はともかくオズマ様を侮辱するつもりなら容赦はせん……殺すぞ！」

「貴女が私を？　ふふふ、できもしないことを口にするものじゃない……滑稽だ」

「「……」」

　あかんこれ、ガチバトルが始まってしまう。

「アリス、コレヤバいって……止めてくれ」

「はぁ、もう、あの子には困ったものですね……やれやれ、じゃあ止め――る必要はなさそうですね」

「へ？」

「仲裁役が来ました」

　アリスがそんな言葉を発するのと、アグニさんとパンドラさんが互いに拳を放ったのはほぼ同時だった。圧倒的な力を持つふたりの殴り合い……下手すれば中央広場が吹き飛びそうだが、そうはならなかった。

　いつの間にかアグニさんとパンドラさんの間にはオズマさんが現れており、ふたりの放った拳を受け止めていた。

「……おじさん、元気な子は好きだけど時と場所は選ぶべきだと思うよ。六王祭会場での喧嘩は禁止だからね」

「オ、オズマ様⁉」

「チッ」

　優しげな苦笑を浮かべながら告げるオズマさんを見て、アグニさんは目を輝かせ、パンドラさんは舌打ちをした。

　そして、ふたりが拳を降ろしたのを確認してから、オズマさんは煙草《たばこ》をくわえながら言葉を発する。

「馬が合わないのを無理に仲良くしろとは言わないけど、まわりにも配慮しなくちゃ駄目だよ」

「はい！」

「なぜ、私が貴様に指図されねば――」

「パンドラ、ハウス」

「――え？　シャ、シャルティア様⁉　ちょっと、どこへ連れて行くのでしょうか？　お、おしおきですか⁉」

「……なんでおしおきでテンションあげてるんだか……はぁ……ともかく貴女は向こうで説教で

す」

「ありがとうございます！」

「……はぁ」

オズマさんの登場によりアグニさんの戦意は消え、パンドラさんはアリスの分体が溜息を吐きながら連行していった。うん、なかなかにカオスな状態だ。

ともかく、これで一段落かとそう思ったが……そうはならなかった。

「オズマ様！」

「うん？」

「お慕いしております！　結婚してください!!」

「……」

なんかいきなりアグニさんがオズマさんにプロポーズを始めたんだけど!?　ちょっと、待って!?　急展開すぎてついていけない。

というか、なんでこんなところでプロポーズを……。

「……いままで何万回言ったかわからないけど、おじさんは独り身が性に合ってるから……ごめんね」

「わかりました！　では、『明日』改めて告白いたします！」

「……うん、アグニちゃんもイプシロンちゃんも、なにもわかってくれてないよね。ほとんど毎日同じやりとりしてるよね？　若い子の趣味はわからないねぇ……こんな年食ったおじさんのなにがいいんだか……」

「すべてです！」

「……う、うん。そっか、ありがとう……」

ある意味珍しい光景と言えるのか、オズマさんが本気で困った表情を浮かべているのは初めて見た。

アグニさんとパンドラさんの一触即発の事態は、オズマさんの登場により収束した。

パンドラさんはアリスの分体に連行され、アグニさんはオズマさんに説得されて帰っていった。

アグニさんを帰したオズマさんは、苦笑を浮かべつつ頭をかきながら俺に軽く頭を下げた。

「いや、悪かったね、ミヤマくん。アグニちゃんはいい子なんだけど、ちょっと熱くなりやすいところがあってね……怪我とかはしてないかな？」

「大丈夫です」

「それはよかった。アグニちゃんにはおじさんの方からもしっかり言っておくから、これからも仲良くしてあげてくれると嬉しいよ」

「はい！」

う～ん、この落ち着いた対応……やっぱり、オズマさんは大人の男性って感じでカッコいい。

雰囲気としては、本当に親戚のおじさんみたいな気安さと温かさがあるし、同じ男として結構憧れる。俺もこんな風に落ち着いた大人になりたいものだ。

「そういえば、オズマさんはどうしてここに？」

「あぁ、実はミヤマくんに用があって中央塔の一階で待ってたんだけどね……アグニちゃんとパンドラちゃんの魔力を感じたから、もしかしてと思ってね」

「俺に用、ですか？」

「うん、まぁ、正確に言うとミヤマくんにというよりは、幻王様にって感じかな？」

「アリスに？」

どうやらオズマさんはアリスに用があって訪ねて来たらしい。わざわざ俺を経由して頼むってことは、厄介事なのかな？

オズマさんと出会ったのは六王祭初日だからまだ日は浅いけど、アドバイスをもらったりフォローしていただいたりとお世話になっているので、できるだけ協力したいとは思う。

「……実はおじさんの知り合いの子が六王祭に参加したいみたいでね。できれば招待状を用意してあげたいと思ってるんだけど、招待客の途中追加って形になっちゃうから、許可をもらいに来たんだよ」

「それって、オズマさんの同行者としては参加できないんですか？」

「あ～えっと、そういえば言ってなかったね。おじさんは参加者と言うよりは運営側だから、招待状は持ってないんだよ」

「なるほど……アリス」

申し訳なさそうな表情で告げるオズマさんだが、特に無理難題というわけでもなさそうだ。いや、もちろん参加者を管理しているであろうアリスの仕事は増えるかもしれないが、最悪俺の同行者という扱いにしてもいいわけだし、頼んでみることにした。

俺が声をかけると、アリスはすぐに姿を現し、どこからともなくアイアンランクの招待状を取り出した。

「はいはい、了解ですよ」

「手間をかけて申し訳ない、幻王様。えっと、その子の名前が……」

「『アルクレシア帝国在住のドワーフ族、フラメアさん』ですね。はい、どうぞ、招待状です」

「……ははは、いや、さすが幻王様。助かります」

アリスはオズマさんが相手の名前を告げるよりも早く招待状を用意している。相変わらず反則じみた情報力……本当にさすがである。

「お礼ならカイトさんへどうぞ。ぶっちゃけ、カイトさんを通さず来てたら、面倒なんで断ってましたしね」

「ですよね……ミヤマくん、本当に助かったよ。ありがとう」

「い、いえ」

「お礼には足りないかもしれないけど、よかったらコレ、貰ってくれないかな？」

「……これは？」

優しい表情で俺にお礼の言葉を告げたあと、オズマさんはどこからともなく少し大きめの紙袋を取り出し、俺に差し出してきた。

俺が首を傾げながら紙袋を受け取ると、オズマさんは咥《くわ》えていた煙草に火をつけながら告げた。

「……それは、おじさんが好きなコーヒーだよ。お湯を入れるだけで飲めるようになってるよ。少し多めに用意しておいたから、友たちと一緒にでも飲むといいよ」

「ありがとうございます！　なんか、気を遣わせたみたいで、すみません」

「いやいや、おじさんの方こそ急なお願いをしちゃったからね。本当に助かったよ……ミヤマくんさえよければ、今度一緒にお酒でも飲みに行こう。もちろん、おじさんの奢りでね」

「あっ、はい！　是非」

うーん、いやみなくお礼の言葉をサラッと口にできるオズマさんは、真のイケメンだと思う。頼りがいのある大人って感じだからかもしれないが、誘い方もカッコいい。

たぶんコーヒーを先に出さなかったのは、交換条件みたいになっちゃうのが嫌だったからかな？

「それじゃあ、ミヤマくん。いろいろ付き合いも広くて大変だろうけど、残る六王祭も楽しんでね」

「はい！」

「うん、それじゃまたね」

優しい笑みを浮かべたオズマさんは、軽く俺の頭を撫でてから片手を振って去っていった。去り際もすごく絵になっているというか、風になびくトレンチコートの後ろ姿が超カッコいい。

……俺も、そのうちトレンチコートとか着てみようかな？

「……いや、カイトさんにトレンチコートは、あんまり似合わないと思いますよ」

「……自分でもなんとなく、そんな気はしてた」

単純な顔の良さとかではなく、言葉や仕草がカッコいいオズマさんは本当に憧れる。正直自分がそうなれる未来はまったくと言っていいほど見えないけど、叶うのならいつの日か、ああいう——

カッコよく歳をとりたいものだ。

閑話　静空のオズマは語らない2

アルクレシア帝国首都。大通りの端にひっそりと建つ小さな喫茶店。

カウンター席とふたつのテーブル席しかなく、お世辞にも広いとは言えない店内には店主とひとりの客だけ。

ボサボサの黒髪に無精ひげ、シワだらけでだらしない灰色のトレンチコートの男性……オズマは、カウンター席に座り、のんびりとコーヒーを飲んでいた。

「……ん～、やっぱりここのコーヒーはいつも美味しいねぇ～」

「ありがとうございます……ってそれはいいんですけど、おじ様？　ひげぐらい剃ったらどうなんですか？」

「いや～、あはは、おじさんは面倒臭がりでね」

「……もぅ」

カウンターに立つ百三十cmほどしかない小柄な少女……ドワーフ族である店主は、父親の代からの常連であるオズマにやや呆れた口調で話しかける。

その言葉を聞いて、バツが悪そうに髪をかきつつ、オズマはのんびりと言葉を返す。

「いや～、それにしても、本当に腕が上がったね」

「まだまだお父さんには敵いませんけどね」

「う～ん。前の店主には前の店主の、お嬢ちゃんにはお嬢ちゃんの良さがあるよ」

「そんなこと言って、おじ様本当に味、わかってるんですか？」

「いや、あはは……一本取られたね」

普通の客に対してであれば無礼な口調だが、オズマと付き合いの長い少女にとってはいつも通りだ。

オズマは苦笑を浮かべつつ、ぼんやりと自分以外に客のいない店内を眺める。

「……経営、大変かい？」

「……まぁ、嘘でも儲かっているとは言えませんけど、赤字ってほどじゃないですよ。おじ様みたいな、もの好きな常連さんもいますしね」

早くに両親を亡くし、小さな体で店を切り盛りしている少女を心配するオズマに、少女は明るい笑みを浮かべて答える。

「そっか……おや？」

「え？」

その言葉に優しげな微笑みを浮かべようとしたオズマだが、直後になにかの気配を感じ取ったのか入口の扉へと視線を向ける。

それに釣られて少女も視線を動かすのとほぼ同時に、店のドアが荒々しく開かれ、数人の柄が悪そうな男が入店してきた。

「……また、貴方たちですか……」

「へへへ、交渉に来ましたよ。ねぇ、店主さん？」

「何度来られても、この店を手放す気はありません！　ここは父から受け継いだ大切な店です！」

「それはそれは、しかしねぇ……女手ひとつじゃ大変でしょ？　『なにが起きるかわからない』ですしねぇ」

「っ⁉」

下卑た笑みを浮かべる男性を見て、少女は少し怯えた様子で後ずさるが、それでもキッと強い目を男たちに向ける。

一触即発……そう表現していいほどの、ピリピリとした空気……それを破ったのは、カップが地面に落ちる音だった。

「おおっとっ⁉」

「おじ様⁉　だ、大丈夫ですか？」

「あちゃ～、こぼれちゃったよ……」

「待ってください！　いまタオルを……」

コーヒーの入ったカップを落とし、大きな染みのできたコートを見て、情けない表情を浮かべるオズマ。

……その姿に毒気が抜かれたのか、それとも人目のあるいまの時間帯を避けるつもりなのか……男は軽く舌打ちをしてから背を向ける。

「ちっ……また来ますよ」

吐き捨てるような言葉とともに手下らしき者たちを連れて、男は店から出ていった。

少女から受け取ったタオルで染みを拭きつつ、オズマはその背中をいつも通りの表情で見つめる。

「もぅ！　おじ様、気を付けないと駄目じゃないですか……」

「あはは、いや～、ごめんごめん。つい手が滑ってね……それにしても、ずいぶん荒々しいお客さんだったね～。よく来るのかい？」

「……ええ……悪い評判ばかり聞く商会に雇われた『地上げ屋』ですよ。この土地が欲しいそうです」

「ふ～ん。どこにでもいるもんだね、そういうのは……大丈夫かい？」

「大丈夫です！　この店は、お父さんが大事にしてた店ですから、誰が来たって手放す気はありませんよ」

小さな体で気丈に振る舞う少女だが、その肩は小さく震えていた。

しかし、オズマはそれに気付かない振りをしつつ、ポケットから硬貨を取り出してカウンターに置く。

「そっか、いろいろ大変だとは思うけど、がんばってね。困ったら大人を頼るんだよ？」

「こ、子供扱いしないでください！　大丈夫です！」

「ははは、そうかい？　それは余計なお世話だったね」

「……ありがと――って、おじ様⁉　待ってください！　これ、金貨じゃないですか⁉　おつりを……」

「ああ、割っちゃったカップ代だよ。気にせず受け取っときな……」

「いやいや、それにしても多すぎますって⁉」

「じゃあ、また来るね～」

「あっ、ちょっ⁉」

少女の抗議は無視して、緩く手を振りながらオズマは店を後にした。

＊＊＊＊＊＊＊＊＊

すっかり日が落ち、月明かりに照らされた裏路地。例の喫茶店からほど近いその場所には、今朝がた喫茶店を訪れた地上げ屋の男とその手下が集まっていた。

「……へへへ、本当にやっちまうんですか？」

「ああ、あんな小さな店に長い時間なんてかけてられるかよ」

「それで、体に交渉するってわけですかい……楽しみですね」

「なんだ？　てめぇ、あんなガキみてぇな体の女がいいのか？　まぁ、好きにしろ。あの女はこれから『行方不明』になるんだから、持ち帰りたきゃ持ち帰れ……ただし、捨てる時はちゃんと処理しろよ？」

「へへへ、わかってますよ」

いやらしく笑う手下に答えながら、男もニヤリと笑みを浮かべる。

そう、彼等は力ずくであの喫茶店を奪うことに決めた。店主はドワーフ族の少女ひとり、彼等にしてみればどうにでもできる相手……。

その考え自体は間違いではない。確かにあの少女には男たちの暴力に抗う術はない……そう、あの少女には……。

「う〜ん。おじさんは、そういうのあまり好きじゃないかな？」

「なっ⁉」

裏路地に静かに響く声。男たちが慌てたように視線を上げると、その先には小さな……煙草の火が見え、オズマがゆっくりと姿を現した。

「おじさんさ、がんばってる子が結局暴力にやられちゃうような……そんな、バッドエンドは嫌いなんだよね。やっぱり、幸せなハッピーエンドがいいよね〜」

「だ、誰だテメェは⁉」

「う、う〜ん。おじさん、結構有名なつもりなんだけど……いや、あのお嬢ちゃんもそうだけど、なんで誰も気付いてくれないのかな？　覇気かな？　やっぱり覇気が足りないのかな？」

「……ちっ、おいテメェら！　その邪魔なオヤジをさっさと始末しろ！　騒ぎになったら、面倒だ」

飄々《ひょうひょう》とした様子で話すオズマに、男は苛立ちながら舌打ちをして、手下に指示を飛ばす。

もちろん、男はオズマを見逃す気などなかった。見られてしまった以上、始末する……それは、本当に……愚かな選択だった。

「死ね！」

「こらこら、そんな気軽に死ねなんて言うもんじゃないでしょ……っと」

「なぁっ⁉　がはっ⁉」

ひとりの手下がオズマに向けて湾曲刀を振り下ろすが、オズマはゆっくりとした動きで体を反らして、その一撃を軽々と回避する。

しかも、それだけではない。オズマは男の手下の剣を握る手に自分の手を添え、クルッと捻るように回転させる。

たったそれだけで、手下の体は縦に回転し、背中から地面に叩きつけられた。

異世界の日本では合気道と呼ばれる技術。相手の力を利用したその流れるような一撃は、美しさすら感じるものだった。

オズマは背中を強く打ち付けて悶える男の手下を一瞥し、口から煙草の煙を吐く。

「……やめといた方がいいんじゃないかな？　おじさん、結構強い……」

「くそっ！　なにしてやがる！　さっさと始末ねぇか！」

「お～い、年長者の話はちゃんと聞こうね……」

男の怒声とともに、複数の手下が一斉にオズマに向かう。右と左から同時に振られる湾曲刀。オズマはその刀を指で摘み、軽く引き寄せる。

そして体勢が崩れて前のめりになったふたりの男の首筋に、軽く手刀を落として意識を奪い、続けて迫る刃の腹を掌で弾いて受け流す。

次々に襲い来る男たちをのんびりと眺めつつ、オズマは口元に小さく笑みを浮かべた。

見る人が見れば、それはあまりに無謀な光景。男の手下は精々十数人……それではどうにもならない。

＊＊＊＊＊＊＊＊＊＊

「ひっ、ぁっ……」

「おじさんはさ、こう見えて結構優しいよ？　別に殺したりはしないから、安心してほしい」

気を失い地面に横たわる十数人の配下を見つつ、男は怯えた表情でオズマを見つめる。

オズマは優しげな微笑みを浮かべたままだったが、その灰色の瞳は深く鋭い威圧感を放っていた。

「けど、うん。ちょっと、おじさんのお願いをひとつ聞いてほしいかな」

「お、おね……がい？」

「うん。いや、大したことじゃないよ。『君に今回のことを依頼した相手』に、おじさんちょっと話したいことがあるんだよね。だから、ね？　案内してくれるかな？」

「……ぁ、ぁぁ……ぅぁ……」

月明かりだけの薄暗い路地、男の目の前にいるのは圧倒的な強者……選択肢など、男には用意されていなかった。

＊＊＊＊＊＊＊＊＊＊

　窓から朝の日差しが差し込む喫茶店。そのカウンター席には、いつものようにオズマの姿があった。

「……というか、おじ様？」

「うん？」

「なんで、コート新しくしたのに、シワだらけのままなんですか⁉」

「あ、あはは……いや〜、ハンガーにかけずに放り投げてたのが悪かったのかなぁ……」

「もぅ、相変わらずだらしないですね」

「あはは、手厳しいね」

　のんびりとした穏やかな会話を楽しみつつ、オズマは煙草を取り出して火をつける。

　その様子を呆れながら眺めていた少女は、ふと思い出したような表情を浮かべて口を開いた。

「そういえば、おじ様。前にうちの店を寄こせって言ってた商会なんですけど……なんでも、不正の証拠が見つかったとかで解体になったらしいですよ。お陰でうちに来てた地上げ屋も、来なくなりました」

「そうなのかい？　まぁ、後ろ暗いことをしてればいつかそういうことになるよね」

「ええ、ひと安心です」

「うんうん、良かったね。やっぱり、がんばってる子には運も味方してくれるもんだよ」

「って、なんで頭を撫でるんですか⁉　子供扱いしないでくださいよ‼　私はもう二十歳なんですよ！」

「あはは、おじさんから見れば、まだまだ子供だよ……コーヒー、おかわり」

「もぅっ……」

リスのように可愛らしく頬を膨らませ、コーヒーを淹《い》れに行く少女を、オズマは穏やかな微笑みを浮かべながら眺める。

オズマは、なにも言わない。地上げ屋の男たちの顛末も、その後に行った商会との『交渉』も……恩着せがましく、己の功績を語ることはない。

なぜなら……。

「はい、コーヒーのおかわりです」

「ありがとう。うん、やっぱりここのコーヒーは美味しいね」

「ふふふ、当然ですよ。だって私が真心を込めて淹れて……って、だから！　頭を撫でないでくださいよ‼」

この、いつもと同じコーヒーの味こそが、彼にとってはなによりの報酬だから……。

＊＊＊＊＊＊＊＊

アルクレシア帝国首都にある小さな喫茶店。ドワーフ族の少女が切り盛りするその店には、今日も常連であるオズマの姿があった。

オズマはヨレヨレのトレンチコートを隣の椅子に置き、お気に入りのコーヒーを飲みながら遅めの朝食を食べていた。

「おじ様？　今日はいつもより来店が遅かったですね？　それに、なんとなく疲れてるような？」

「あ～、仕事の関係でちょっとね。まぁ、一番忙しいのは昨日だったから、もう大丈夫だけどね」

「正直、おじ様の口から仕事なんて単語が出てきた事実に、私は驚きを隠せません」

「最近の若い子は、本当にズバズバ言うから、ちょっと傷つくねぇ～」

数切れのサンドイッチを食べ終えると、なにも言わずとも店主がコーヒーのおかわりを淹れてくれる。

木造りの店内から感じる温かな雰囲気に、心地いいコーヒーの香り。オズマは、この店でコーヒーを飲む時間が好きだった。それはもう、毎日欠かさずにコーヒーを飲みに来るほどに……。

もちろん店主であるドワーフ族の少女とも長い付き合いだ。店主はオズマの好みをしっかりと把握しており、最近ではおかわりのタイミングもわかってきていた。

気心が知れた間柄だからこその穏やかな空気で軽口を叩きつつ、ゆったりと時間は流れていく。

「……そういえば、知ってます？　いま、魔界ではとても大きなお祭りが行われているらしいですよ」

「あぁ、六王祭のことだね。たしかに、勇者祭にも劣らない規模の祭りだよ」

「いいですねぇ……私も行ってみたいんですが、六王様から招待を受けないと駄目らしいですし、どうしようもありませんね」

「うん？　君は六王祭に行ってみたいのかな？」

「そりゃ、行ってみたいですよ……あっ、そういえば知ってますか？　戦王様の配下、戦王五将には『おじ様と同じ名前』の方がいらっしゃるんですよ！」

「そ、そうなんだ……」

可愛らしい笑顔で告げる店主の言葉に、オズマは珍しく困惑した表情を浮かべる。そう、オズマと店主はもう長い付き合いになるが……いまだにこの少女は、オズマの正体が戦王五将のひとりだとは気付いていない。

それどころか、『同名の別人』と認識している始末である。

「私も勇者祭の時に遠目で見ただけなんですけど、礼服をビシッと着こなしたカッコいい方で、大人の色気って言うんですかね？　纏ってる雰囲気から違いましたよ」

「へ、へぇ……」

「おじ様も同じ名前のオズマ様を見習って、もう少し綺麗な格好をするべきだと思いますよ。おじ様、顔はいいんですから、身だしなみを整えればきっとカッコいいですよ」

「う、う～ん……ま、まぁ、考えておくよ」

少女がオズマの正体に気付いていない最大の要因として、彼女が見たオズマが現在の姿とはかけ離れていたということがある。

オズマは普段ひげもまともに剃らず、ボサボサの髪にヨレヨレのトレンチコートと、なんともだらしのない格好をしている。

しかし彼は勇者祭という舞台だけは、しっかりと礼装に身を包み、ひげも剃った上で髪の毛をオールバックに纏めて参加していた。

平民でしかない店主にとって戦王五将とは雲の上の存在であり、遠目に見るのが精一杯。となると、現在のオズマの姿しか知らない彼女が、勇者祭で見たオズマを別人ととらえるのはある意味必然なのかもしれない。

もっとも、当のオズマとしてはなんとも困った状態だった。真実を告げれば、想像上のオズマを美化している彼女の夢を壊してしまうかもしれないとなると、真実を語るのも難しい。

オズマは軽い溜息をコーヒーで飲み込み、苦笑を浮かべながら店主に提案する。

「……六王祭に行ってみたいなら、おじさんが連れていってあげようか？」

「……え？」

「こう見えて、おじさんにはちょっとしたコネがあってね。たぶん、招待状を用意してあげられると思うよ？」

「ホ、ホントですか⁉　で、でも、おじ様に迷惑がかかっちゃうんじゃ……」

「気にしなくていいよ。そうだ、じゃあ、いつも美味しいコーヒーを飲ませてくれるお礼ってことで、どうかな？」

懐から取り出した煙草に火をつけつつ、穏やかに提案するオズマの言葉を聞き、店主はしばらく考えたあとで頷いた。

「……じゃ、じゃあ、甘えちゃっていいですか？」

「ああ、構わないよ。ただ、少し時間がかかると思うから……参加できるのは六日目か七日目になると思うけど、大丈夫かな？」

「はい！　ありがとうございます、おじ様！」

「それじゃ、お代はここに……また来るよ」

「だから、頭を、撫でないでください!?」

子供扱いされることを嫌う店主の反応を楽しみつつ、オズマは微笑みを浮かべて店をあとにした。

＊＊＊＊＊＊＊＊＊

六王祭の会場となっている都市へと戻ったオズマは、中央塔にある戦王配下に割り振られたフロアで、とある人物を捜していた。

しかし、目的の人物は見当たらず、オズマは少々困った様子で頭をかいた。

「……おや？　オズマ様？」

「うん？　ああ、イプシロンちゃん、丁度いいところに……バッカスくんがどこにいるか知らないかい？」

「バッカス殿ですか？　いえ、修練場にはいませんでしたが……急ぎの用件でしょうか？」

「あ～いや、そこまで急ぐってほどでもないんだけどね。ちょっと、ひとりぶん追加で招待状を用意してもらいたくて……うちの招待状の管理はバッカスくんだったかな～ってね」

偶然通りかかった戦王五将のひとりであるイプシロンに、オズマは掻い摘んで事情を説明する。

するとイプシロンは考えるような表情に変わってから、口を開いた。

「……招待状の追加ですか……確かに、我々の送った招待状はバッカス殿の担当ですが……招待客の管理は幻王様の管轄ですね。となると、幻王配下に話を通す必要があるかと思います」

「あ～、やっぱりそうなるよね……まいったな。うち子たちと幻王様の配下は仲が悪いから……厳しいなぁ」

「うちの筆頭であるアグニ殿と幻王配下筆頭のパンドラ殿が、互いに互いを毛嫌いしていますからね。それに、うちには血気盛んな者が多いですし、致し方ない部分もありますね」

「はぁ、仕方ない……迷惑をかけちゃうけど、ミヤマくんに頼んでみるよ」

戦王配下と幻王配下はそれぞれのまとめ役が犬猿の仲であることに起因して、非常に仲が悪い。オズマ個人としては幻王配下とも仲良くできればいいと思っているが、なかなか難しい。

戦王配下であるオズマが直接頼みに行っても、色よい返事がもらえるとは思えない……となると、一番有効な手段は、向こうのトップを動かせる快人に頼むことだった。

オズマにしてみれば、幼い子供と言っていい年齢の快人に迷惑をかけるのは気が引けたが、馴染みある少女のためにも一番確実な手段を取りたいと考えた。

とりあえず差し入れでも持ってお願いしてみるかと、そう考えながらオズマが歩きだそうとすると、そのタイミングでイプシロンが口を開いた。

「……そういえば、私は戦王配下と幻王配下……というより、アグニ殿とパンドラ殿が険悪になったきっかけを知らないのですが？」

「あぁ、いや、別に大したことじゃないよ……『旦那と幻王様のどっちが強いか？』って大喧嘩して、そのまま仲が悪くなった感じかな……」

「なるほど……しかし、それに関しては私も興味がありますね。オズマ様はメギド様と幻王様、どちらが強いと思われますか？」

「うん？　『いまの旦那』と比較するなら、圧倒的に幻王様の方が強いよ。というか、いまの旦那は六王様の中で一番弱いだろうね。まぁ、それでも、普通の爵位級と比べたら桁違いだけどさ……」

「……え？」

イプシロンが告げた質問に対し、オズマはアッサリとメギドが幻王より弱いと告げた。その上、六王の中で一番弱いとまで……さすがにその答えは予想外だったのか、イプシロンは驚愕した表情を浮かべる。

すると、その反応を見たオズマは失敗したと言いたげに片手を顔に当てる。

「……悪い、失言だった。いまの話は忘れてくれ、旦那に殺されちまう」

「え？　ど、どういうことですか⁉　オ、オズマ様はなにを知っていらっしゃるのですか？」

「……悪いけど言えないよ。けど、失言しちゃったのはおじさんだし、ヒントはあげよう」

「……ヒント？」

「……『メギド・アルゲテス・ボルグネス』にならば、本気を出せば『俺』でも勝てる可能性は……まぁ、二割ぐらいはあるかな？　でも、『メギド様』と戦えば絶対に勝てない。かすり傷すら負わせられずに、俺は殺される」

「……は？　な、なにを？」

「アルゲテス・ボルグネス……魔界の古代語だよ。辞書でも引いてみるといい。でも、他言はしないこと……旦那の逆鱗に触れたくなければね」

そこまで告げたあと、オズマは煙草を咥え去っていった。茫然とするイプシロンを残したままで……。

アルゲテス・ボルグネス……魔界の古代語で『戒めの鎧』。その真の意味を知る者は、片手で数えるほどしかいない。

かつて魔界で暴威を振るっていたオズマ。彼が鍛え上げた力、積み上げた自信、最強という自負、そのすべてを粉々に粉砕し、オズマが絶対の忠誠を誓うほどに憧れた暴虐の化身。かつて『魔界の三分の一を焦土に変えた紅き獣』は、いまはまだ眠り続けたままだった。

第四章　六王祭四日目

六王祭は、戦王、界王、竜王、死王、幻王、冥王の順番で主催者が変わる。現在は三日目が終了し、次は四日目……アイシスさん主催のお祭りだ。

アイシスさんのお祭りは、聞いた限りでは巨大なフリーマーケットみたいな感じらしい。しかし、侮ることなかれ、出品者がとんでもないため、並ぶ品もフリーマーケットとは一線を画している。

収集家としても知られるアイシスさんは、希少な魔導書や失われた文明の資料など、その道の者からしたら垂涎《すいぜん》の品はもちろん、世界に数えるほどしか存在しない希少宝石、すでに絶滅した魔物の剥製など、桁外れの値段が付くものを多く所有している。

そしてアイシスさんは、今回その品のほとんどを手放すと宣言しており、参加者たちは大量のお金を用意して明日に備えていた。

しかも、出品者はアイシスさんだけではなく、他の六王も何点かずつ提供しているらしい。さらには、シロさんが伝説のワインであるシャローグランデと、神界でも最高級の紅茶であるグロリアスティーを少量提供したという情報も流れていた。

そういった超高級品は中央広場で行われるオークションで競られるらしいが、二日目の終わりに会ったリリアさんは『破産者も出るのではないか』と予想していた。

ちなみにリリアさんもオークションには参加するらしい。といっても、六王が提供した品を狙うわけではなく……なんか、限定品である竜王……マグナウェルさんの模型が欲しいそうだ。

まぁ、俺もなにか欲しいものが見つかれば買うつもりだし、明日は本当に楽しみだ。

しかし、その明日を迎える前に、俺には大きな試練が待ち受けていた。

「……カイト……痒くない？」

「あ、はい」

「……ちゃんと……綺麗にするね」

「ほ、ほどほどで……大丈夫ですよ？」

柔らかく告げながらスポンジで俺の背中を擦るアイシスさん。そう、アインさんが提案した『翌日の祭りで一緒に回る人が俺と混浴する』というわけのわからないルールにより、現在俺はアイシスさんと一緒にお風呂に入っていた。

昨日のリリウッドさんとの混浴も、相当きついものがあったが……アイシスさんはさらに強力である。

「……カイトと一緒……明日も……一緒……嬉しい」

「ぐふっ……」

そう、アイシスさんの向けてくる純粋な好意が、俺の理性にもの凄いダメージを与えてくる。

どう控えめに表現しても天使なアイシスさん、彼女の好意は本当に純粋で汚れがない。いまだって羞恥心とかそういうものはなく、ただただ俺と一緒にいられて幸せだと、なんの迷いもなく告げてくる。

その破壊力は凄まじく、湯船に浸かるころには、俺の汚れた心は汚れなき好意で焼き尽くされたように憔悴していた。

「……でも……カイト……明日……私と一緒で……大丈夫？　……迷惑じゃ……ない？」

「迷惑なんて、欠片も思ってません。アイシスさんと一緒に回るのが、いまから楽しみです」

「……嬉しい……私も……ずっとずっと……楽しみにしてた……お揃い」

なにこの天使。いますぐ抱きしめたい。

はにかむように笑うアイシスさんは、それはそれは可愛らしく、反射的に伸びていた手を慌てて引っ込めた。

「……カイト……疲れてない？」

「まったく疲れてないと言ったら嘘になりますが……それ以上に、昨日も一昨日もいろいろ新鮮で、すごく楽しいですよ」

「……そっか……カイトが楽しんでくれてて……よかった」

ニコニコと、大好きオーラ全開で俺を見つめるアイシスさん。肢体が見えているわけでもないのに、滅茶苦茶ドキドキする。

というか、アイシスさんは本当に、日に日に可愛くなるというか……正式に恋人になってから、いままで以上に好きだという気持ちを向けてくれるので、こうしてふたりきりになると妙に緊張してしまう。

「そ、そういえば、アイシスさん。お弁当ありがとうございました。とても美味しかったです」

「……カイトへの愛情……いっぱい込めた」

「あ、あはは……でも、本当に美味しかったです。毎日でも食べたいぐらいでしたよ」

「……カイトが食べたいなら……いつでも作る……次に作る時は……カイトのこと……いままよりずっと好きになってるから……もっと美味しく……作れると思う」

心から幸せそうに告げて、もたれかかるように俺の肩に頭を乗せてくるアイシスさんを見て、そっとその肩を抱く。本当に……可愛らしくて性格も良く、これだけ尽くしてくれる彼女がいる俺は幸せ者だ。

もちろんこれだけ密着していることに緊張はしてるし、顔も熱い。でも、それ以上に……幸せでたまらなかった。

明日一緒に回る時は、アイシスさんに心から楽しんでもらえるように……いままでで一番幸せな一日だったと、そう思ってもらえるように……俺もがんばろう。

＊＊＊＊＊＊＊＊

六王祭四日目の光景は、やはりこれまでとは大きく変わっていた。

昨日の風景は消えうせ、都市のあちこちに出店が立ち並ぶ。巨大な夏祭りのような光景だった。

「おぉ、かなり賑わってますね」

「……うん……今日は……誰でも……申請すれば……店を出せる」

アイシスさんと手を繋いで中央塔から出発すると、まず初めに見えたのは巨大な広場に用意されたステージだった。

このステージでは四日目のメインと言っていいオークションが開催されるらしいが、開始は十時からで、あと一時間ほど時間がある。

ただ、俺もアイシスさんもオークションにはさほど興味がないので、後でどんな感じが軽く覗くぐらいになるだろう。

なのでまずは、あちこちの出店をのんびり見て回ろうと考えて、アイシスさんと一緒に歩きはじめる。

普段は軽く宙に浮いているアイシスさんだが、今回は俺とのデートということもあって歩いている。

アイシスさんは終始幸せそうで、いわゆる恋人繋ぎで握った手を、嬉しさをアピールするように時折ギュッと握ってくる。完全に天使である。

俺もアイシスさんと一緒に祭りを見て回れるのは幸せだし、楽しい時間になるだろうとは思っている。しかし不安要素もないわけではない。

特に心配なのはアイシスさんの死の魔力に関して……俺には感応魔法があるから問題ないが、そうでない人にとってアイシスさんは恐怖の対象となる。

これに関して、本人の意思の強さはほとんど関係ない。アイシスさんは心優しい人だ。しかし、たとえそれを知っていたとしても、アイシスさんの死の魔力に耐えられるだけの魔力を持たない存在は、アイシスさんに近付くことはできない。

命ある者は本能としてアイシスさんを恐れてしまう。だから、アイシスさんが王都などに遊びに来た時は、大通りから人が消える。

それはアイシスさんが長く孤独を感じてきた要因であり、彼女にとって一番のトラウマとも言っていい。

だからいまは、それが少しだけ心配だった。

出店の店員はほとんど六王の配下らしく、爵位級などの実力者が優先して選ばれている。しかし参加者や、申請した者の出店に関してはそれが当てはまらない。逃げられたりして、アイシスさんが傷つく事態にならなければいいけど……。

そんな心配を胸に抱きながら、アイシスさんと一緒に歩いていると……他の参加者の話し声が聞こえてきた。

「おい、見ろよ。死王様だ……」

「おぉ……す、すげえ威圧感。さすが六王様だな」

その言葉を聞いて、思わず俺とアイシスさんは顔を見合わせた。そう、俺たちが予想していた反応とは違ったからだ。

話をしていたふたり組は、俺から見ても大した魔力があるようには見えなかったが……アイシスさんを目にしても逃げなかった。まぁ、ある程度は離れて見ていたが……。

「死王様を目にしただけで気を失うとか聞いたが、そんな感じじゃねぇな？」

「馬鹿、お前。そんなの小心者が誇張して流してるだけだろ。確かにこれ以上近付けない雰囲気はあるが、六王様だぜ？　こんなもんだろ」

「だな……いや、それにしても六王様をこうして見ることができるとは、運が良かった」

「ああ、勇者祭じゃ俺らみたいな一般参加者は、遠目に見られるかどうかだもんな」

……あれ？　本当に好意的な反応……どういうことだろう？

「……誰も……逃げない？」

どうやらアイシスさんも意外だったらしく、不思議そうな表情で周囲を見つめていた。

確かにふたり組の話の通り、みんなアイシスさんから距離はとっている。しかし精々数ｍぐらい離れて見ている感じで、それは先日のリリウッドさんと一緒に歩いた時も同じだった。

「……そういえば、アイシスさんの死の魔力って……アイシスさんが幸せだと、薄くなるんでしたっけ？」

「……う、うん……消えることはないけど……」

「じゃあ、もしかして……」

「……あっ」

俺とアイシスさんは、ほぼ同時に思い至る。

死の魔力はアイシスさんの機嫌がいいと薄くなる。俺の自惚《うぬぼ》れでなければ、今日という日をずっと楽しみにしていたであろうアイシスさんは、現在とても大きな幸せを感じているはず。つまり、いまアイシスさんの纏う死の魔力はかつてないほど薄くなっている。

それこそ、アイシスさんから感じる恐怖の感情を『さすが六王だけあって、すごい威圧感だ』程度に思えるほどに……。

たぶん遠巻きに見ている距離……約三ｍが限界で、それ以上近付くことはできないのだろうが、それでも劇的な変化だ。

アイシスさんにとってこの光景……これだけ多くの人が逃げずに存在している光景は、新鮮で嬉しいものなのだろう。感極まったように肩を震わせた後、俺の腕に強く抱きついてきた。

「……カイト……嬉しい」

「よかったですね、アイシスさん」

「……うん……全部……カイトのお陰……ありがとう……大好き」

弱者が己から逃げないという光景は、アイシスさんが渇望したものだ。もちろんまだアイシスさんに対して恐怖を抱かないようになったわけではない。いま以上にアイシスさんが近付けば、逃げだしてしまうだろう。

それでも、これはとても大きな前進だった。いつかきっと、アイシスさんが誰にも恐れられずに街中を歩けるような……そんな可能性が微かに見えた気がした。

意図せぬところでアイシスさんにとっていいことがあり、嬉しそうな表情を浮かべるアイシスさんを見て、俺も幸せな気分になる。

「……死王様の隣にいるのは……もしかして、あの噂の異世界人か？」

「ああ、たぶんそうだ。迂闊に目を合わせるなよ……『殺される』ぞ」

……うん？　あれ？

「……なんでも噂じゃ、『戦王様と戦って勝った』とか……あの外見からじゃ想像もできねぇ力を持ってるはずだ」

「……俺が聞いた話だと、戦王五将のバッカス様を一発で倒したらしいぞ」

ちょ、ちょっと待って、なにこの会話？　おかしい、なにかおかしいぞ……。

「なんでも配下に『鬼のような有翼族』がいるらしく、軽んじようものなら消し飛ばされるとか……」

「あ、ああ、俺も聞いた。なんでも、あの異世界人の偉大さを説いて回ってるとか……」

「し、知ってるか……ほら一日目にアルクレシアの伯爵がその有翼族に締めあげられて、あの異世界人に忠誠を誓ったって……」

「あ、ああ、でも、なんかその後『冥王様』が連れていったらしいけど……」

おい、ちょっと待て!?　なんかありえない会話が聞こえてきたぞ!?

俺の評価がおかしくなってるんだけど……というか、伯爵が忠誠を誓ったってなに？　俺の所にまったく情報が入ってきてないんだけど!?

それと、その有翼族って……エデンさんのことじゃない？　エデンさんなにしてんの!?　ひとりで観光するって言ってたけど……マジでなにしてんの!?

そしてクロ、お願いがんばって！　あの非常識な方を止められるのはクロだけだから!?

まぁ、少々自分の噂についてはへこんだが……完全には否定しきれない部分もあるので、聞き流しておくことにした。

改めてアイシスさんと一緒に歩き始め、そろそろどこかの出店を見てみようかと考えていると、ふとあるものが目に入った。

フワフワとまるで雲のように柔らかそうな見た目、大きめの魔法具で大きな円を描くように棒を動かし、どんどんと形作られていくソレはまさに芸術。

……つまるところ、綿菓子である。ま、まぁ、フリーマーケットが中心とはいえ、食べ物の出店があってもおかしくない。

そして綿菓子は定番中の定番……とはいえ、大人である俺にとっては少々子供っぽすぎるように映ってしまう。しかし、安定した美味しさであるのは間違いない。

まぁ、要するに……『超食べたい』!!

い、いや、だって祭りといえば綿菓子で、綿菓子と言えば祭りだ。ここで綿菓子を食べないのは、ある意味祭りに対して失礼だと考えてもいいと思う。いや、決して俺が子供っぽいとかじゃなくて……綿菓子は大変美味しいので、こう思ってしまうのも仕方がない。

いまここにいるのが俺ひとりだったなら……躊躇なく綿菓子を購入しただろう。しかし、現在俺の隣にはアイシスさんという恋人がいる。

そうなると、綿菓子が食べたいと口にするのは……なんか、恥ずかしい。で、でも、食べたい。この機会を逃すと次に食べられるのはいつになるやら……。

よ、よし、ここは遠回しに提案する感じで……。

「ア、アイシスさん。わ、綿菓子の出店がありますね。お、俺の世界にもあるお菓子なんですよ……せ、せっかくですし、ちょっと、た、食べてみませんか？」

「……うん？　……カイトが食べたいなら……いいよ……私も……カイトと一緒に食べられたら……嬉しい」

「ぐふっ……」

「……カイト？」

天使の笑顔に、良心が尋常ではないダメージを受ける。

ごめんなさいアイシスさん……俺は醜い人間でした。自分が食べたいのを、あたかもアイシスさんに俺の世界のお菓子を紹介したい風に装いました。

「……な、なんでもないです……お、俺が奢りますよ！」

「……え？　……いいの？」

「はい！　こういう時ぐらいは、カッコつけさせてください」

「……カイトは……いつも……カッコいいよ？」

「がはっ⁉」

アイシスさんが天使すぎて辛い……己の醜い心を焼き尽くされている気分だ。

アイシスさんをダシに使おうとしてしまった罪悪感を感じつつ、俺はアイシスさんを連れて出店に移動する。そして、俺はこの迂闊な行動をすぐに後悔した。

「すみませ――」

「ひぃっ⁉　ぁ、ァァ……」

「――え？」

「……あっ……ご、ごめ……」

完全に迂闊だった。アイシスさんの死の魔力による影響が改善されていたとしても、それはある程度の距離をとればの話。

先程見た限りでは目算で三ｍ……それ以上近付いてしまうと、アイシスさんの死の魔力は本来の暴威を発揮する。

さらに運の悪いことに、その出店は六王の配下が用意したものではなく、一般参加者の出店だった。

アイシスさんがすぐに離れようとするが、それより早く出店の店主は逃げ出した。商売道具もなにもかも投げ捨て、一目散に……。

「……」

それを見てアイシスさんの表情が悲しそうなものに変わる。わかってはいたはずだ……まだ完全に死の魔力をどうにかできたわけではない。ほんの少し改善の糸口が見えてきただけだと……俺がもう少し気を付けておくべきだった。

「……カイト……ごめん……」

「アイシスさん？」

「……やっぱり……私と一緒じゃ――んんっ⁉」

強引な手段だったかもしれない。けど、それ以上言わせたくはなかったので、俺はなにかを言いかけたアイシスさんの口を強引に塞いだ。

しっとりとしていて、少し冷たい唇の感触を味わった後、顔を離す。するとアイシスさんは、驚いた様子で目を大きく見開いていた。

「……カイト?」

「すみません! 俺が迂闊でした……次は、六王の配下の方がやってる店に行きましょう!」

「……え? ……で、でも……」

「アイシスさんはなにも悪くありませんよ。俺が……」

「いや~悪いのは『おじさんだね』」

「……え?」

俺が悪かったと告げようとすると、それを遮るように聞き覚えのある声が聞こえてきた。

「……オズマ?」

「オズマさん?」

「いやはや、すみませんアイシス様。この店は俺が任されてたんですけど、ちょっと煙草が吸いたくて知り合いに店番してもらってたんですよね。不愉快な思いをさせて申し訳ない。お詫びと言っちゃなんですが、一本ずつサービスさせてもらいますんで、勘弁してください」

現れたオズマさんは、ボサボサの髪をかきながら苦笑を浮かべて告げる。

そして慣れた手つきで綿菓子をふたつ作り、まずはアイシスさんにそれを手渡し、次に俺に手渡しながら……俺にだけ聞こえる小さな声で呟いた。

「……出遅れて悪かったね。ある程度はこっちでフォローするから、気にせず楽しみな」

「……ありがとうございます」

どうやらオズマさんは、店主に逃げられた俺たちが、微妙な空気のままでデートを再開しないようにフォローに出てきてくれたらしい。

そのありがたい気遣いに感謝を告げてから、アイシスさんの手を強く握る。

「さっ、アイシスさん！　デートを再開しましょう！」

「……え？　……う……うん」

「あと、俺に迷惑がかかるとかそういう発言は禁止ですからね？　同じこと言おうとしたら、また口を塞ぎますよ？」

「……カイト」

おどけるようにそう告げながら、アイシスさんの手を引っ張って歩きだす。絶対にこの手を離さないと、強い意志を込めながら……。

そして、その気持ちはちゃんと通じたみたいで、アイシスさんは少し頬を染め、はにかむように微笑んだ。

「……うん……塞いで……ほしい」

「ワザと言うのは駄目ですよ？」

「……ふふ……うん……わかってる……でも……あとでもう一回……して？」

「……が、がんばります」

「……楽しみ」

どうやら少し沈んでしまった気持ちは持ち直せたみたいで、アイシスさんは満面の笑みでギュッと俺の手を握り返してきた。

やっぱり、そうなにもかも上手くいくわけじゃないみたいで、少し失敗してしまった。でも、いまの一件はいい教訓になった。改めて、アイシスさんが嫌な思いをしないように、恋人として――しっかりリードしよう。

＊＊＊＊＊＊＊＊＊

最初の失敗を教訓に、それからはアリスのガイドブックを参考にすることにした。

ガイドブックに載ってない店は、後から参加したものなので六王配下ではない。申請して出店している一般人の店も存在し、ガイドブックにはそのあたりの店のこともちゃんと書いてあった。

そして、やはり六王配下……それも爵位級クラスになると、アイシスさんを前にしても逃げることはない。とはいえ、アイシスさんと互角に近い力がなければ完全には耐えられないので震えていたり顔が青くなっていたりはする。

それでも、六王配下が逃げることはない。逃げれば主である六王の顔に泥を塗ることになるので、気合いで耐えて接客をしてくれた。

男爵級、子爵級はかなり大きく震えていたが、伯爵級ぐらいになると多少顔色が悪くなる程度で済むみたいで、そのあたりからも実力の高さが窺えた。オズマさんなんて普通に苦笑しながら話してたし、やっぱり伯爵級は爵位級の中でも一線を画すみたいだ。

「……面白い飾りですね。羽を組み合わせてるんでしょうか？」

「……これは……魔界の東部に住む……有翼族の飾り……祈祷に……使う」

「なるほど」

さすがに巨大なフリーマーケットだけあって、いろいろ珍しい品が置いてあった。一緒に回っているアイシスさんが博識なお陰で、知らないものに関しても説明を受けられて、非常に助かる。

「有翼族って、ハーピー族とは違うんですか？」

「……うん……ハーピー族は人族……有翼族は魔族……似てるけど……少し違う」

「ふむ」

そういえば、ハーピー族とかは名前は聞いたことがあるけど見たことはない。なんとなくだけどハーピー族は手が翼で、有翼族は背中から翼が生えているイメージだ。機会があれば会ってみたいものだ。

そんなことを考えながら、アイシスさんと一緒に露店を見て回っていると……ふと、ひとつのアクセサリーが目に留まった。

「……あれ？　このブローチの飾りって、前にアイシスさんに貰った花ですよね？」

「……うん……ブルークリスタルフラワー……枯れない花だから……装飾品として……人気」

その出店にはさまざまなアクセサリーが並んでいて、そのうちのひとつにアイシスさんと初めて会った時に貰った花が使われていた。

値段は……金貨一枚⁉　ってことは、これひとつで百万円⁉

「……すごい高級品なんですね」

「……ううん……ブルークリスタルフラワーは……そんなに……珍しくない……この値段は……たぶん……製作者が……人気なんだと……思う」

「ああ、だから高価なんですね。えっと……『フローレンス』……これがその製作者ですか？」

「……うん……すごく人気がある……でも……気まぐれで……なかなかアクセサリーを……作らない」

アイシスさんの話だと、本当に滅多に出回らない貴重な作品らしく、ここで見つけられたのはラッキーかもしれない。

「……ちなみに……フローレンスは……『シャルティア』」

「……は？」

なんかいまもの凄く聞き覚えのある名前が聞こえた気がする。え？　うそ、このアクセサリーってアリスが作ったの？　しかも大人気なの？

ま、まぁ、確かにアリスって技術はもの凄いし……納得できなくもない。というか、アイツいったいいくつ名前があるんだ？

アイシスさんから告げられた衝撃の事実に少し茫然としたが、気を取り直して出店の店主に声をかける。

「……すみません、このブローチ買います」

「は、はい！　ありがとうございます！」

店主はアイシスさんにやや怯えながらも、俺から金貨を受けとってブローチを手渡してくれる。

俺がそのブローチを購入したことが意外だったのか、アイシスさんは不思議そうな表情で首を傾げた。

「……カイト？　……それ……どうするの？」

「ああ、ほら、この花はアイシスさんと初めて会った時の思い出の花なんで……つい買っちゃいました。というわけで、アイシスさん。これをどうぞ」

「……え？」

「アイシスさんによく似合うと思いますし……プレゼントです」

キョトンとするアイシスさんの手を取り、購入したブローチを渡す。

その名の通り、青い水晶みたいなこの花は、アイシスさんにきっとよく似合う。

「……いいの？」

「もちろん！」

「……ありがとう！」

アイシスさんは俺からブローチを受け取ると、それを大切そうに両手で握りしめる。なんというか、本当に仕草ひとつひとつが可愛らしい方だ。

そして、少ししてからアイシスさんはそのブローチを自分の胸元に付ける。

今日のアイシスさんはいつもより白の多いゴシック風ドレスだからか、青いブローチがよく映えている。

「やっぱり、よく似合ってますよ」

「……ありがとう……カイト……嬉しい」

「アイシスさんに喜んでもらえたなら、良かったです」

「……うん……また……カイトとの……素敵な思い出が……増えた」

心から幸せそうなアイシスさんの笑顔は、胸元に咲くブルークリスタルフラワーが霞んでしまうほど……美しく、ただただ目を奪われた。


ある程度出店を見て回った後、アイシスさんと一緒にこの四日目のメイン……オークションが行われている中央広場にやってきた。

中央広場にはとても多くの人がいたので、アイシスさんの死の魔力を考慮して少し離れた場所からオークションを見学する。

この広場に入る際に数字の書かれたプレートを胸に付けてもらった。おそらくこれがオークションでの番号になるのだろう。

ちなみに俺は九百八十五番、アイシスさんが九百八十六番だ。まぁ、いまのところオークションでなにかを買う気はないが。もしかしたら欲しいものがあるかもしれない。

それにしても……やはりメインというだけあってすごい賑わいで、たくさんの参加者が競い合うように手を上げている。そして中央に設置されたステージの上では、マイクを持った司会者が次々と価格をコールしていた。

「……参加者は価格を叫んでないみたいですけど、どうやって司会者は判断してるんでしょう？」

「……このオークションは……手でサインを出す……司会者は……高度な複眼を持ってるから……すべての参加者を同時に見てる」

「……なるほど」

こういったオークションを見るのは初めてなので、なんだかいろいろ新鮮だ。

サムズアップみたいな形で手を上げている人もいるし、アレがハンドシグナルなのかな？

「ちなみに、この手の形は？」

「……あっ」

『おっと！　ここでさらに倍額!!　《九百八十五番！　白金貨一枚》です！』

「……え？」

ハンドシグナルの意味をアイシスさんに聞こうとすると、アイシスさんが驚いたような表情を浮かべ、直後に司会によって俺の番号がコールされる。

し、しまった⁉　そうか、これだけ離れていてもあの司会には見えるのか……つまり、俺は入札してしまったわけだ。

「……えっと……」

「……コールされた……もう……取り消せない」

「う、う～ん……しかしまぁ、これで落札が決まったわけじゃ……」

『白金貨一枚！　白金貨一枚以上ないか？　……ないようですね。では、この商品は九百八十五番の青年が落札です!!』

「……」

好奇心のままに迂闊なことをしてはいけない……いい勉強になった。授業料はかなり高額だったが、まぁ、仕方ない。迂闊だった俺が悪いんだし、ここは素直に買い取ることにしよう。

「……って、そもそも、俺はなにを落札したんですか？」

「……えっと……」

そういえば競売の商品を知らなかったと思いアイシスさんに尋ねてみると、アイシスさんはどこからともなく巨大な本を取り出した。

「それは？」

「……オークションの……カタログ……えっと……いまカタログナンバー十五だから……ひとつ前のは……あった」

「えっと、なになに……『初代勇者の残した手記、二十三ページ分、未解読』……」

……あっ、これ見たら駄目なやつだ。絶対ノインさんの黒歴史的なアレだと思う。うん、後で受け取ったら、すみやかにノインさんに差し上げることにしよう。

それにしても、俺が倍で落札して白金貨一枚ということは……金貨五枚、五百万円出しても買いたい人がいたってことか……さすが初代勇者。

そんなことを考えているうちにナンバー十五の商品も落札が決まったらしく、オークションは次に進む。

『さて、次の商品は……冥王様提供の品です！』

おや？　次はクロが提供したものなのか……いったいなんだろう？

『カタログナンバー十六！　《冥王様の手作りベビーカステラ》です！』

なんでこんな高級オークションで、ベビーカステラなんてものが競売に……クロ、なにやってんのさ……。

『なんでもこのベビーカステラは、冥王様が《とある方》に贈るために作り……《できがイマイチ》だったものを集めたセットです！』

要するに失敗作の寄せ集めじゃないのソレ⁉　というか、その、とある方って……。

「……たぶん……カイト……クロムエイナは……カイトに食べさせるために……いっぱい作ってた」

「……そ、そうですか……」

なんだろう、このいたたまれない気持ちは？　なんか俺のせいで、この場に相応しくない品が出品された感じに……。

『では《金貨一枚》からスタートです！』

無謀にもほどが……って、なんか滅茶苦茶手が上がってる⁉

『二百三十四番、金貨五枚！　五十七番、金貨八枚！　おっと、六百二十二番、白金貨二枚です!!』

「え、えぇぇぇ……なんでそんな値が？」

「……クロムエイナは……すごく人気あるし……冥王愛好会のメンバーは……全財産出しても欲しいと……思う」

「……」

それだけ人気があるクロがすごいと思うべきか、ベビーカステラに何千万も払おうとする方々を哀れむべきか……。

あまりにも微妙な状況に茫然としていると、ふとこちらに向かって走ってくる人が見えた。

「ミヤマ様⁉」

「……ルナマリアさん？」

「お願いします！　お金を貸してください！　なんとしても落札したいんです!!」

「正気ですか貴女⁉」

現れた狂信者（ルナマリア）さんは、ちゃっかり三ｍの距離を保ったまま、俺に向かって必死の形相で叫ぶ。

「もちろんです！　このルナマリア、冥王様の手料理を食べるためなら、命など惜しくはありません!!」

「そこは惜しんでください⁉」

「お願いします！　お嬢様に借りようとしたら『馬鹿な真似はやめなさい』と貸してもらえませんでした！　もうミヤマ様しか頼る方がいないんです‼」

「……」

それ完全にリリアさんが正しい。いや、別にお金を貸すのが嫌なわけではないけど……仮にも友人として、このルナマリアさんの奇行は止めるべきだろう。

「……ちょっと、落ち着きましょう。ルナマリアさん」

「無理です！　こんなチャンス、もう二度とないかもしれないんですよ‼」

「……俺からクロに頼んであげますから……」

「さすがはカイト様！　女心を掴んで離さない素敵な気遣い！　まさしく世界一素敵な男性です！　このルナマリア、いまならカイト様に抱かれるのもやぶさかではありません‼」

「リリアさ〜ん‼　この暴走メイド、早く回収に来てくださぁぁぁい！」

ルナマリアさんを落ち着かせるために提案したのに。さらに思考がぶっ飛ぶことになるとは……。

とりあえず、早く保護者（リリアさん）に回収してもらわないと……。

キラキラと惚《ほう》けるような目でこちらを見てくるルナマリアさんに、若干……いやかなり引きつつ、リリアさんの到着を待っていると……隣から感心したような声が聞こえてきた。

「……よく……わかってる……カイトは……世界一……カッコいい」

「……アイシスさん」

うんうんといった感じで頷いているアイシスさんを見て、俺は大きな溜息を吐いた。

＊＊＊＊＊＊＊＊＊

狂信者（ルナマリアさん）が保護者（リリアさん）に無事回収された後、俺とアイシスさんは再びオークションが行われているステージに目を向ける。

六王だけではなく、各国の貴族などからも商品が提供されているらしく、非常に盛り上がってる感じだ。

『さあ、次の商品は……《幻王様》提供の品です。商品はこちら……貴族の方はもちろん、冒険者や騎士の方々にとっても見逃せない品。そう、《伝説の鍛冶師クラフティー》製作の武器です!!』

「……うん？」

司会者の言葉とともに、壇上にはいくつもの武器が並べられる。剣に槍、斧に短剣、珍しいところだとモーニングスターなんかもある。

遠目で素人の俺が見ても、どの武器も超一級品であることは理解できたが……それより俺は、あることが気になった。

「……カイト？　……あれ……欲しいの？」

「あ、いえ、そうじゃなくて……少し気になることが……」

アイシスさんの質問に曖昧に答えながら、俺はマジックボックスを取り出す。確か、宝樹祭に参加する前に買っておいた双眼鏡が……あった！

正直この距離ではハッキリと見ることができないので、疑問を確かめるためには遠くを見るアイテムが必須だ。

『まず、こちらの剣は宝剣アロダント、こちらの斧はムーンアックス……どれも武器を手に戦うものなら一度はあこがれる伝説の品々です！　それがなんと十点!!　いまや伝説にのみ名を残すクラフティーの作品を、これだけ揃えるとは……さすが幻王様といったところでしょう』

司会者が順に武器を紹介しているが、俺はその言葉を聞き流しつつ双眼鏡を覗き込む。

双眼鏡のお陰でよりハッキリ見えた武器は、どれも伝説の一品という言葉に恥じず、一種のオーラのようなものを放っているように感じた。

……まぁ、それは置いておくとして……うん。よく見て確信した。やっぱりあの武器って……。

「……アリス、いるか？」

「はいはい、なんでしょう？」

「……思い違いじゃなければ、俺、あの武器見たことあるんだけど……具体的には、どこかの『雑貨屋』で……ということはつまり、伝説の鍛冶師クラフティーって……」

「ああ、はい。アリスちゃんですよ～！」

やっぱり、お前か!?　というか仰々しく紹介されてるけど、要するに六王祭にかこつけて、在庫処分しようとしてるだけなんじゃ……。

「いやいや、アリスちゃんの作った武器は、超人気なんですよ！　魔剣とか聖剣とか呼ばれてるのいっぱいですよ！」

「……お前が無駄にハイスペックなのはよく知ってるけど……魔剣とかって呼び名、自分で付けたわけじゃないの？」

「……ええ、ぶっちゃけ私は暇つぶしに武器作って、適当に安値で売ってお小遣い稼ぎしてただけですからね……なんかいつの間にか、伝説の武器だとか呼ばれてましたよ。ちなみに宝剣アロダントとか呼ばれてるやつ、私が付けた名前は『適当命名四十八号ちゃん』ですからね」

酷いネーミングである。だが、実際アリスは本当に暇つぶしで適当に作っただけなんだろう。それでも、コイツの技術が凄まじすぎるのと、とんでもない素材を用意できる力があるから、あんな感じになってるわけだ。

改めてアリスのハイスペックさと、ネーミングの酷さを感じていると、オークションはいつの間にか進行していた。

『宝剣アロダント、白金貨九枚にて八十八番の落札です！』

「……なあ、アリス？」

「なんすか？」

「……あの剣、お前の雑貨屋で買うといくら？」

「『銀貨六枚』ですね」

「……」

普段六万円で売られている品が九千万円で落札……う、う～ん。アリスの雑貨屋って、実際伝説級の宝庫だよな……店主がまともでさえあれば、もの凄い人気店になっていたんじゃなかろうか？というか、それだけの品々を揃えながら、客を寄せ付けないアリスの馬鹿さ具合が凄まじい。

「……シャルティアは……いろいろ……できるね」

「ええ、まぁ、できることの多さはちょっとした自慢ですよ……まぁ、最近は鍛冶に関してはほぼやってないですけどね」

「……どうして？」

「カイトさん武器買ってくれねぇっすし……」

……だから、俺をピンポイントでターゲットにするのはやめろ。というかもはや隠す気すらないのか……完全にあの雑貨屋が、俺専用みたいな品揃えになってるし……。

いや、本当に、アリスはなぜか俺に対してだけはもの凄く商売上手なんだよな……。

「カイトさん、最近『高級ペットフード』を新商品として追加しようかと思ってるんすけど？」

「……『百袋』ぐらい用意しといて」

「イエッサー!!」

悔しい、でも、買っちゃう。というか、新商品のチョイスが的確すぎる。丁度、ベルとリンに食べさせる餌をランクアップさせようと考えてたところだ。可愛い二匹にはいいものを食べさせてあげたいし、アリスが作るペットフードならきっとすごいはずだ。

「……シャルティア……手芸も……上手？」

「へ？　ええ、結構得意ですよ？」

「……じゃあ……こんど……教えてほしい」

「……構いませんけど、なに作るんすか？」

「……カイトに……マフラー……編んであげたい」

そしてこの大天使である。アイシスさんは本当に、なんて素敵な女性なんだ。手編みのマフラーとか、嬉しいに決まってる。

光の月が終わると、季節は秋に差し掛かってくるので、タイミング的にも完璧と言える。

アイシスさんの愛情に感動しながら、話を終えて姿を消そうとしているアリスに、小声で話しかけた。

「……アリス……俺にも教えて」

「……可愛い恋人、アリスちゃんの分は？」

「もちろん、編む」

「……おっけ～です。例によってアイシスさんにはサプライズですね」

アリスは、俺がアイシスさんにサプライズでお返しを用意したいと考えているのをすぐに察し、微笑みながら頷き、姿を消した。


欲望とはかくも深いものである。オークションという形式で競い合う様は、それをまざまざと見せつけた。

激しい競り合いの末に勝ち取った者が、なぜか絶望の表情を浮かべている姿も見た。

競り落とした者が勝者なのではない。競り落とした上で、使用した金銭以上の価値を見いだせてこその勝利である。

持ちうる金銭に限りがある以上、競り合いという一種の熱気に翻弄されてしまえば、後悔が待ち受けている。

しかし、世界にはごく一部、その条件に当てはまらない圧倒的強者も存在する。

『さて、カタログナンバー二十八《小型収納可能、最高級ペットハウス》は、現在白金貨十枚！』

「……う、う〜ん」

思ったよりも高値になっている商品を見て、俺は顎に手を当てて考えていた。

日本円にして一億円……しかもまだ競っているし、さらに高くなりそうだ。

『九百八十五番白金貨十一枚……六百四十三番白金貨十一枚と金貨五枚！　七番白金貨十二枚！』

「むぅ……」

現在競られているのは、マジックボックスの原理を応用したペットハウス。小型にして持ち歩ける上、大型の魔物ものんびりできる広さに、しっかりとした作り……欲しい。

アレがあれば、ベルやリンと旅行するのも簡単にできそうだから、なんとか手に入れたい。けど、どうやらかなり珍しい品みたいで、俺と同じく欲しがっている人は多い。

大型の魔物でものんびりできる……つまり豪邸並みの大きさということを考えると、億という値段が付いていても不思議ではない。

俺の手持ちの予算で競り落とせないということはないだろうが……結構高い買い物になりそうだ。

そんなことを考えつつ、俺は人差し指を立てて手の甲を見せるように上げる。

『九百八十五番白金貨十三枚！　五百二十二番白金貨十四枚！』

「……やっぱりまだ上がるか……」

「……カイト……あれ……欲しいの？」

「え？　ええ、ペットと旅行がしたいなぁって……」

いまだ上がり続ける値段に唸りつつ、アイシスさんの質問に答える。するとアイシスさんは、納得した様子で一度頷いてから口を開いた。

「……わかった……任せて」

「……へ？」

そんなことを言いながら、アイシスさんは流れるように両手を上にして、いくつかのハンドサインを出した。

『……は？　え？　い、いえ、失礼いたしました！　九百八十六番……は、白金貨……《百枚》です‼』

「なっ⁉　ア、アイシスさん⁉」

いきなり十億円⁉　い、いったいなにを……ま、まさか俺のために競り落としてくれようとしてるの？　い、いやいや、それにしてもいきなり百枚って……。

「……ブローチの……お返し」

いやいや、値段の差が凄まじすぎる⁉　で、でも、もうコールされてしまったわけだし、取り消すことはできない。

さすがに白金貨百枚以上を出す人なんて……。

『おっと、六百四十三番！　白金貨百枚と金貨五枚！』

出した⁉　でも他はさすがについて来れないみたいだ。アイシスさんは……え？　ちょっと待って、アイシスさん⁉　そのサムズアップみたいな手の形って確か……。

『……九百八十六番……さ、さらに《倍》……白金貨二百一枚……です』

「……」

その瞬間、会場から音が消えた。まさに、圧倒的な光景だった。なんの躊躇もなくアッサリと倍額を返すアイシスさんを見て、会場にいる誰もが圧倒された。

そして、それ以上誰も入札することはなく、アイシスさんの落札が決定した。

「……カイト……落札……できたよ」

「……い、いや、あの、アイシスさん？　お、お気持ちは本当に嬉しいんですけど……だ、大丈夫なんですか？」

「……なにが？」

「で、ですから、お金……」

「……『たった』二百枚だよ？」

「……」

ことをなげに言ってのけるアイシスさんは、本当に大したお金ではないと思っているみたいだった。

「……あの、今更ですけど……アイシスさんって、どのぐらいお金持ってるんですか？」

「……資産は……抜きで……お金だけ？」

「え、ええ……」

「……白金貨……『四百万枚』……くらい……かな？」

「……は？　え、えぇぇぇ⁉」

白金貨四百万枚⁉　え、えと、白金貨一枚が日本円で一千万……ってことは……『四十兆円』⁉

国家予算並みじゃないか⁉　え？　しかも資産は抜きで現金のみ？　この方、世界中に存在する白金貨の内の何％を所持してるんだろう？

「ア、アイシスさんって、そ、そんなにお金持ちだったんですね……」

「……え？　……でも……クロムエイナの方が……私より……何倍も……お金持ちだよ？」

「マ、マジですか？　クロはいったいどれだけのお金を……」

「……わからないけど……たぶん……私とは……表現の仕方が……違う」

「表現の仕方？」

「……うん……クロムエイナの場合は……白金貨何枚とかじゃなくて……『個人で世界経済の何％』とか……そういう表現に……なると思う」

「……」

クロが世界一の金持ちであるということは聞いていた。しかし、まさか俺のいた世界より遥かに広く、三界合わせると人口も桁違いであるこの世界において、個人で世界経済の一端レベルだとは……。

ま、まさに世界の王……アイシスさんやクロにとって、二十億円なんてのは……はした金なのかもしれない。

クロやアイシスさんが魔界の頂点であり、圧倒的な財産を所持しているというのは理解しているつもりだったが……実際は、俺の予想より遥か上だった。アイシスさんですら想像もできないほどに金持ちなのに、クロは——さらに次元が違うみたいだ。

＊＊＊＊＊＊＊＊＊

ある程度オークションを楽しんだ後、俺とアイシスさんは落札した商品を受け取って別の場所に移動することにした。

オークション自体は四日目の最後まで続くので、また後で見に来るのもいいかもしれない。

「……アイシスさん、その……本当にいただいてもいいんですか？」

「……うん……私は……使わない」

アイシスさんが俺に手渡してきたのは、欲しかった小型収納可能の最高級ペットハウス……白金貨二百一枚のペットハウスである。

さすがに金額が金額なので、遠慮したかったが……アイシスさん本人は使わない上、断ればせっかくの厚意を無にしてしまう。

ならばここは受け取って、しっかり別の形でお礼をするのがいいだろう。

「……ありがとうございます。このお礼は、必ずします」

「……ふふ」

「……え？」

「……それじゃ……あべこべだよ？　……だって……これ……ブローチのお礼……だから」

そう言って優しく微笑むアイシスさんは、本当に気にしていない感じだった。しかし、まぁ、俺にもささやかながら男としてのプライドがある。

さすがに金銭的な面でアイシスさんには敵わないが、なにかほかの方法でお礼をしたい。

そのことを伝えると、アイシスさんは考えるような表情を浮かべる。そして、少し経ってからなにかを思い付いた様子で微笑み、スッと俺の耳に顔を寄せてきた。

「……じゃあ……ひとつだけ……お願い……してもいい？」

「お願い？　ええ、俺にできることなら」

「……ありがとう……それじゃあ……後で……たい」

「……へ？」

耳元で告げられたその内容は、正直予想の範囲外だった。というか以前別の方にも同じようなことを言われた覚えがある。

「……え、えっと、アイシスさん？　そ、それは……」

「……駄目？　……カイトが嫌なら……無理は……言わない」

「い、いえ⁉　嫌なわけではないんですが……そ、それがお礼になりますか？」

「……うん……私は……すごく……嬉しい」

「わ、わかりました。アイシスさんがいいなら……」

お願いを了承することを伝えると、アイシスさんは幸せそうな笑みを浮かべる。

その表情と先程告げられた内容に顔が赤くなるのを感じる。その気恥ずかしさから逃れるために、
やや顔を逸らしつつ話題を切り替える。

「……そ、そういえば、そろそろお昼時ですね」

「……あっ……お弁当……作った……一緒に……食べよう？」

「え？　今日も作ってくれたんですか？　ありがとうございます!!」

「……カイトが……喜んでくれて……私も……嬉しい」

なんと今日もお弁当を作ってくれたというアイシスさんには、本当に頭が下がる思いだ。

「それじゃあ、どこか景色のいいところで……」

「……大丈夫……ちゃんと……考えてる」

「うん？　どこかいいところがあるんですか？」

「……うん」

この六王祭は一日ごとに様相が大きく変わる上に、都市自体が桁違いに広いためいいスポットを探すのも一苦労だ。

しかし昨日のリリウッドさんに案内してもらった場所もしかり、主催者側であるアイシスさんは景色のいい場所もしっかり把握しているらしい。

アイシスさんが軽く手を振ると、周囲に氷でできた花が咲き、それが砕けると同時に景色が切り替わる。

「……あれ？　なんかここ見覚えがあるような？」

転移魔法で移動したその場所は、眼下に会場である都市を一望できる高い位置にあり、非常に景色がいいのは確かだったが……どうもかなり高い場所みたいだ。

山の頂上にでもいるような景色で、足元は岩のような色合い……あれ？　もしかしてここって……。

「……マグナウェル……ご飯……食べるから……場所……貸して」

『ああ、構わんぞ』

やっぱりここ、マグナウェルさんの上か!?　相変わらず規格外のサイズで、軽く視線を動かしただけじゃまったくわからなかった。

た、確かに景色はすごくいいだろう。なにせ五千m級の山の頂上で食事するようなものだ。開会式で作られた木と氷のアートもハッキリ見えるし、まさに絶景。

けど、うん……仮にも頭の上で食事とかいいのかな？　ま、まぁ、マグナウェルさんがいいって言ってるんだし、問題ないのかな？

戸惑う俺の前で、アイシスさんはどこからともなく取り出したシートを敷き、その上にお弁当を広げて食事の用意をしてくれていた。

「……カイト……食べよう？」

「あ、はい。……うわっ、今日はまた一段と美味しそうですね」

「……がんばった」

昨日貰った持ち運びしやすい弁当箱ではなく、今日は重箱にたくさんのおかずが詰め込まれていた。からあげ、卵焼き、ポテトサラダに、俺の好きなミニハンバーグまで……本当に美味しそうだ。

だが、しかし……『フォークはひとつ』しかない。

俺も馬鹿ではない。いままでの経験から、この先どういう状況になるのかはわかっている。そしてそれから逃げられないであろうことも……。

「……カイト……どれから……食べたい？」

「で、では、卵焼きを……」

「……うん……はい……あ～ん」

「……あ、あ～ん」

手を添えながら差し出された卵焼きを食べる。甘めに味付けされた卵の味が、フワッと口の中に広がり十二分と言えるほどの美味しさを感じさせてくれる。

『仲睦まじいのぅ、よいことじゃ』

「……うん……カイト……大好き」

「……ありがとうございます。その、えっと……俺も好きですよ」

「……嬉しい……すごく……すごく……嬉しい」

なんだかんだ気恥ずかしくもあるけど……こうして景色の綺麗な場所で、愛しい恋人と一緒に食事をする。この幸せな時間は、何物にも代えられないような……そんな――価値あるものだと思う。

マグナウェルさんの頭の上という絶景スポットで、アイシスさんが作ってくれた美味しい弁当を食べ終える。

いやはや、見た目には結構量があると思ったけど……美味しくて全部食べてしまった。ちょっと食べすぎた気もする。

「……カイト……はい……お茶」

「ありがとうございます。って、緑茶？　あれ？　アイシスさんって紅茶党じゃなかったですっけ？」

「……うん……でも……カイトが好きだって聞いたから……異世界のお茶も……勉強した」

「……アイシスさん」

アイシスさんが天使すぎて、眩しいぐらいだ。

淹れてくれた緑茶は、食後の体にじんわりと染み込んでくるようで、本当に美味しい。

お茶を飲みながらホッと一息ついていると、足元からマグナウェルさんの声が聞こえてきた。

『カイトよ、どうじゃ？　祭りは楽しんでおるか？』

「え？　ええ、いろいろ驚くこともありますけど、なんだかんだしっかり楽しんでますよ」

『そうか、よいことじゃ……ふむ、そうじゃな《小遣い》をやろう』

「……はい？　え？　ちょっ⁉」

マグナウェルさんがそう告げた瞬間、俺の目の前にざっと見て『百枚ほどの白金貨』が出現する。

『祭りを楽しむのにも先立つものが必要じゃろうて。なに、遠慮せんでよい。ワシは硬貨なんぞ使えんから、処分に困っておったぐらいじゃ』

「……あ、えと……はい……ありがとう……ございます」

『うむ。ああ、それに配下どもが美味《うま》いと言っていた菓子があったのぅ……ワシのサイズでは味なぞわからんし、それもやろう』

「あ、ありがとうございます……も、もう大丈夫ですよ？」

……なんというか、マグナウェルさんの『孫と久々に会ったおじいちゃん』って感じがすごい。

しかし、このまま放っておけば、次々なにかをくれそうだったので、やや強引にお礼を言って、もう大丈夫だと伝える。

う～ん。本当にマグナウェルさんには会うたびいろいろ貰っている。というか、完全に孫扱いである。

そのまま少しマグナウェルさんと雑談を交わし、話が一段落すると、アイシスさんが期待するような目でこちらを見つめてきた。

「……カイト……約束」

「うっ……い、いまですか？」

「……うん……ここなら……他に誰も……いないよ？」

「わ、わかりました」

アイシスさんが言った約束とは……先程オークションでペットハウスを譲ってもらった際に、アイシスさんが口にしたお願いだ。

嬉しそうな笑顔でこちらを見るアイシスさんに押される形で、俺はシートの上でゆっくりと体を倒した。

「し、失礼します」

「……うん」

一言断りを入れてから頭を降ろすと、肌触りのいい布の感触と、柔らかな感触が伝わってきた。

そう、アイシスさんのお願いは『膝枕をしたい』という内容だった。果してこれは、お礼と言っていいのだろうか？　お礼というよりご褒美な気もするが、アイシスさんは非常に満足そうだ。

ハーフパンツスタイルのクロと、ゴシック風ドレスのアイシスさんでは、膝枕の感触も違う気がする。

上質な生地を使用しているであろうドレスの肌触りは素晴らしく、高級な枕に寝転がっているような感じがする。

そして、体温の低いアイシスさんの手が、そっと俺の額に置かれ、そのひんやりとした感触を心地良く感じた。

「……でも、なんで膝枕を？」

「……クロムエイナが……よくしてるって……言ってたから……私も……してみたかった」

「な、なるほど……」

いらん情報が拡散されてる気がする。確かに、クロには……その、しょっちゅう膝枕してもらっている。というか、最近ふたりきりの時は……結構甘えてる気がする。

どうしよう滅茶苦茶恥ずかしい……い、いや、アレだ。俺もちょっとくらいは、男として見た目が幼い少女であるクロに甘えるのは情けないかな～とか思ったこともある。

でも、ほら、クロは俺よりずっと年上なわけだから、年下である俺が甘えるのはおかしくないわけで……そ、それに、俺だけが一方的に甘えているわけではなく、クロの方も最近はよく甘えてくるので対等なはずだ。

そもそも、クロの優しい抱擁力が強力すぎるだけであって……いや、待て、俺はいったい誰に言い訳をしてるんだ？

「……カイト？」

「あ、いえ、なんでもありません⁉　そ、それで、実際にしてみてどうでした？」

「……うん……これ……いいね……カイトの顔……よく見えて……幸せ」

「……」

こっちから話を振っておいてアレですけど、アイシスさん……その笑顔は反則です。そんな蕩けるような笑みを浮かべられたら、かなりドキドキしてしまう。

熱くなっていく顔を逸らしたいのだが、アイシスさんの手が額に置かれていて、それを振り払うのは気が引ける。

そうなると、満面の笑みを向けてくるアイシスさんと見つめ合うしかなくなるわけで……やっぱ、これ、すごく緊張する。

「……ねぇ……カイト？」

「え？　あ、はい。なんですか？」

「……キス……していい？」

「はっ!?　え？　い、いや、それは……」

「……駄目？」

「い、いえ、駄目ではないです」

「……カイト……だ～い好き」

俺の了承の言葉を聞いたアイシスさんは、先程まで以上の笑みを浮かべながら顔を近付けてきて……そして、唇が重なった。

『ほっほ、仲の良いことじゃ』

＊＊＊＊＊＊＊＊＊

しばらくアイシスさんの膝枕を堪能しながら食休みをして、再び祭りを回ろうと立ち上がる。

そして、マグナウェルさんの頭から移動しようとしたタイミングで……遠方に『巨大な爆発』が見えた。

「……え？」

幸い会場である都市からはかなり離れているみたいだが、何事だろう？　もしかして、テロとか……い、いや、さすがに六王主催の祭りでそんなことをするわけが……。

『……なにをやっておるんじゃ、あやつらは？』

「……いつもの……喧嘩？」

「え？　アイシスさんとマグナウェルさんは、なにが起ってるか見えるんですか？」

ここは爆発の起きた場所からは、巨大な都市を挟んで真逆に位置しており、俺の視力では巨大な爆煙しか見ることはできない。

しかし、さすが六王のふたりはこの距離でも状況を掴めているらしく、どこか呆れた様子で話していた。

「……うん……『シャルティアとメギドが喧嘩』……してる」

「なんで⁉」

『あやつらは昔からよく喧嘩しておる。ほれ、シャルティアは相手を煽るような喋り方をするじゃろ？　喧嘩っ早いメギドとは相性が悪いんじゃよ……まぁ、さすがにどちらもこの島が壊れんように加減はしておるみたいじゃ……』

知り合いの仕業だった⁉　アリス……俺がアイシスさんやクロとふたりっきりの時は、気をきかせて席を外してくれるのはありがたいけど……なんでその短時間でメギドさんとバトル展開になってるの⁉

「……カイト……『行こう』……止めないと……祭りに……影響が出る」

「……え？　ちょっ、どこへ？　まさか、あそこ……」

「……大丈夫……私が……守る」

「い、いや、そういう問題じゃ……」

時折上がる爆煙に戸惑っていると、アイシスさんが当たり前のように呟き、俺の脚元に魔法陣が浮かぶ。

いやいや、確かに止めるべきなのはわかるけど……あの戦いに俺が入っていっても、なにも……。

辿り着いたその場は、まさに戦場だった……炎と閃光がぶつかり合い、轟音とともに地面をえぐり取っていく。その戦いの中心には、原因となったふたりの姿があった。

いくら都市に直接被害が行かないように加減しているとはいえ、これじゃあ都市にいる人たちが怯えてしまうと思う。

「ああ、もうっ⁉　洒落の通じないゴリラですね！　頭の中まで全部筋肉なんじゃねぇっすか？」

「んだと⁉　だったらテメェは、カイトに尻振る『発情期の雌猫』だろうが！」

「い、今更『褒めたって』遅いっすからね！」

「なんでいまのが褒め言葉に聞こえるんだよ！　馬鹿かテメェは⁉」

「おい、こら、ゴリラ……私を罵っていいのはカイトさんだけですよ？　マジぶっ殺しますよ……」

「……おもしれぇ、やってみろ」

うん、なんだろう。なにが発端かよくわからないが……くだらないことで争ってるのは、いまの会話で理解できた。

しかし、罵り合う内容は馬鹿丸出しでも、どちらも実力は世界最高クラス。非常に質《たち》が悪い。

「ア、アイシスさん？　これ、アイシスさんひとりでどうにかできるんですか？」

「……う～ん……難しい……けど……『来る必要なかった』」

「……え？」

さすがに六王ふたり相手にアイシスさんひとりで止めるのは厳しいのではと考えて尋ねると、アイシスさんは俺の考えを肯定した上で、来る必要はなかったと呟いた。

そして、その言葉とほぼ同時に、戦っていたふたりの動きが止まり……地の底から響くような声が聞こえてきた。

「……なに、やってんの？」

「……ク、クク、クロさん⁉」

「ク、クロムエイナ……いや、こ、これは……」

体から黒い霧を漏れさせながら、怒り心頭といった表情で歩いてくるクロを見て、アリスとメギドさんはわかりやすいほど顔を真っ青にして、自主的に正座した。

そんなふたりの前に立ったクロは、腕を組んで仁王立ちする……怖い。一昨日説教されたことを思い出した。

「……シャルティア？」

「は、はは、はい！」

「……メギド？」

「お、おう……いや、はい」

「ボク、言ったよね……六王祭の最中に喧嘩するなって……ちゃんと言っておいたよね？」

「……ハイ」

正座したままでガタガタと震えるふたりは、死刑執行を待つ囚人のように見えた。

そんな緊迫した空気の中、アイシスさんが静かに口を開く。

「……クロムエイナ……判決は？」

「……デコピン（強）」

「ッ⁉」

なんだ、デコピンで済むのか……まぁ、怒っているとは言っても、クロは優しいし、特に家族には甘くなるのかもしれない。

（強）っていうのが少し気になったけど、まぁ穏便に済ませるみたいだ。

っと、俺がそんなことを考えていると……なぜか、アリスとメギドさんは青かった顔を真っ白に変えた。

「ま、待ってください⁉　クロさん、私が、私が悪かったです‼　そ、それだけは……」

「ク、クロムエイナ⁉　すまねぇ、もう二度とこんなことはしねぇ……だ、だから、慈悲を……」

あれ？　なにこの慌てよう？　デコピンだよね？　そりゃクロの力でするデコピンなんだから、

すごい威力だとは思うけど……六王であるふたりなら大丈夫なんじゃ。

「……カイト……私の後ろに……」

「え？　あ、はい」

アイシスさんの言葉に従って移動すると、クロはゆっくりとデコピンの形にした手をふたりに向ける。メギドさんに関しては、サイズがサイズなので、額ではなくお腹あたりだけど……。

そして、次の瞬間……クロの指先が一瞬光ったかと思うと、轟音とともに『前方の景色が消えた』。

「……え？」

そして後に残ったのは、『熱で融解した地面』と『割れた海』だった。え、えぇぇぇぇ!?

「……あ、あわわわ……」

「……クロムエイナの……デコピン（強）……あれは……すごく……痛い」

いやいや、痛いじゃ済まないでしょ!?　こ、これ……ふたりとも……し、死んだんじゃ……。

「ふぎゅぅぅぅ……く、首取れるほど痛かったです」

「げふっ……腹に穴が開いた……痛ぇ」

「……ふたりとも、もうしちゃ駄目だからね？」

「「ハイ！」」

……全然普通に生きてた。あの出鱈目なデコピン喰らって、この程度……やっぱりこのふたりも十分化け物である。

メギドさんにいたってはお腹に穴開いて……あっ、治った。というか、いつの間にか割れていた海も元に戻ってるし、津波とかの気配もない。

「じゃあ、ふたりが壊したこの付近は、仲良く直しておくように……」

「……え？　いや、私たちというか……ほとんどクロさんのデコピン……」

「なに？」

「なんでもありません！　ただちに修復作業を開始します!!」

な、なんというか……一件落着……なのか？　いや、まぁ、クロの力加減が完璧なのか都市の方にはまったく影響はないみたいだけど……うん、考えるだけ無駄だ。

＊＊＊＊＊＊＊＊＊＊

デコピン（強）の衝撃からも復活し、改めてアイシスさんと一緒に祭りへ戻ってきた。

「……なんか、変にドタバタしたせいで喉が渇きましたね。なにか飲みませんか？」

「……うん……あそこに……出店……ある」

「おっ、じゃあ、俺が買ってきますよ。アイシスさん、どれがいいですか？」

アイシスさんが指差した先には、果物のジュースらしきものを売っている店があった。パッと見た感じ、ジュースの種類を書いたお品書きもここから見えるし、容器もサイズをわかりやすいように並べてある。

アイシスさんの分も買ってくるつもりで声をかけると、アイシスさんは少し考えるような表情を浮かべてから口を開く。

「……カイトは……どれにするの？」

「俺は、えっと……リプルのジュースですかね」

「……じゃあ……アレで……買ってきてほしい」

「へ？　え、えっと、アレって言うと、もしかして、もしかすると……一番右の『大きなカップにストローがふたつ』のやつですか？」

「……うん……カイトと……一緒に……飲みたい」

アイシスさんが希望したのは、どう見てもカップル用の容器だった。う、うん、いや、まぁ……カップルであることは間違いないわけだし、アレを選択すること自体には問題はない。

しかし、この場は祭りの真っただ中……人は非常に多い。な、なんか、バカップルみたいで恥ずかしい。

「……カイトは……私と飲むの……」

「嫌じゃないです！　すぐ買ってきます！」

「……あっ……うん！」

だがしかし、そんな俺の羞恥心なんて、アイシスさんの笑顔の前には無力である。俺の恥ずかしさなんて、アイシスさんが喜んでくれることを考えれば安いもの……天秤にかける必要すらない。

俺は即座に了承を伝え、出店でリプルのジュースを購入する。もちろん容器はアイシスさんが希望したカップルサイズのものだ。

「買ってきましたよ」

「……ありがとう……嬉しい」

「え、えっと、じゃあ、飲みましょうか？」

「……うん！」

非常に喜んでくれるアイシスさんを見て、俺は少し気恥ずかしくなりつつも、片方のストローに口を近付ける。

すると、アイシスさんも同じように動き、俺たちの顔が近付いていく。

な、なんというか……キスだってしたことあるはずなのに、こういういかにもカップルみたいなイベントは、キスとはまた違った恥ずかしさがある気がする。

顔が近付いていながら、キスの時のように目を瞑るわけでもないので、アイシスさんの顔がすごくよく見える。

艶のある柔らかそうな唇がストローを咥え、ルビーのように美しい瞳が俺の目を真っ直ぐ見つめてくる。

向い合うような形でジュースを飲み始めると、アイシスさんは本当に嬉しいみたいで、頬を微かに染めて微笑みを浮かべていた。

その顔を間近で見て、また妙に胸が高鳴るのを感じる。

しばらくして、容器の中のジュースを飲み終えてからも、互いになかなかストローから口を離さない。

アイシスさんが口を離してから、俺も続こうと思ってはいるが……どうやらアイシスさんも同じことを考えているみたいだ。

互いに動きだすタイミングを見失い、言葉を発することもなく見つめ合う。

こうして間近で見ると、アイシスさんは改めて絶世の美女だということを実感する。雪のように白い肌も、儚げな雰囲気も、すべてがアイシスさんという存在を引き立てているような、そんな気さえした。

そして、見つめ合う視線に、少しずつ熱が籠っていくのを感じる。アイシスさんの瞳からは、俺に対するあふれんばかりの愛情が見て取れ、アイシスさんを愛おしいと思う感情がどんどん強くなる。

果してそれは、どちらからだったのだろうか？　自然とストローを咥えていた口が離れ、アイシスさんとの距離がさらに近付く。

華奢な手がゆっくりと俺の背中に回され、俺もアイシスさんの小さな背中に手を回す。

少しずつだが確実に……どちらともなく顔を近付け……そして、俺とアイシスさんの距離はゼロになった。

いま、この瞬間、まるで世界にふたりだけしか存在しないように感じた。腕に抱くアイシスさんの体から、少しずつ体温が伝わり、さらに強くその体を抱きしめようとして……地面に落ちた容器の音で我に返った。

「……」

重なっていた唇を離し、俺はどんどん血の気が引いていくのを実感しながら、壊れたブリキ人形のような動きで周囲を見渡す。

見渡す限り、人、人、人……遠巻きに円を作り、驚くほど大勢の人たちがこちらを食い入るように見つめていた。

改めて確認するが……ここは六王祭という大きな祭りが行われる会場であり、人通りはとてもなく多い。

つまり、どういうことか？　俺とアイシスさんは、公衆の面前で抱き合い、熱い口付けを交わしたわけで……。

「あっ、あぁぁぁ……ア、アイシスさん⁉」

「え？　きゃっ……カ、カイト？」

血の気の引いていたはずの体から、血液が爆発するような熱さと恥ずかしさが込み上げてきた。

……そこからの俺の行動は早かった。流れるようにアイシスさんの体を、お姫様抱っこで担ぎ上げ……過去類を見ない速度で、その場から走り去った。

かつてないほどの羞恥プレイを、率先して行ってしまうという自爆をした後、俺は即座に逃げ出した。

そしてできるだけ人のいない方に、人のいない方にと考え……ようやく広場のような場所で一息ついた。

「……はぁ……アイシスさん、すみません。急に移動して……」

「……ううん……カイト……重くない？」

「いえ、ビックリするぐらい軽いです」

反射的にお姫様抱っこで連れ去ってしまったアイシスさんに謝罪をするが、アイシスさんは俺を咎めたりはせず、むしろ心配してくれた。

とはいえ、アイシスさんの体は本当に軽く……非力な俺でもお姫様抱っこで走れるぐらいだ。いや、本当に比喩ではなく軽い。

いや、だって……体感だけど、アイシスさん三十kgぐらいしかない気がする。食事も基本的に食べないって言ってたし、もしかすると人間とは多少体の造りが違うのかもしれない。

ともかく、ここまで来れば大丈夫だろう。先程の区画には近付かないようにしようと考えつつ、アイシスさんを降ろそうとすると、なぜかアイシスさんの手が俺の首の後ろに回された。

「……カイト……もう少しだけ……こうしてて……いい？」

「……は、はい」

「……ありがとう……カイト……大好き」

お姫様抱っこの状態で、俺の首に顔を寄せて甘えてくるアイシスさんは殺人的に可愛らしかった。

しばらくお姫様抱っこして、アイシスさんが満足したところでゆっくりと降ろす。

「……そ、それじゃあ、この辺を回ってみましょうか？　あっちにも少ないですけど、出店があるみたいですし」

「……うん」

先程の件と合わせて妙な気恥しさを感じつつ、アイシスさんと手を繋いで少し離れたところにある出店へと向かう。

ここは大きな通りからは外れており、あまり人通りはない感じだが、それでも数店は店がある。

そのうちのひとつ、小さなアクセサリーなどが並んでいる店を通りがかったところで、不意に声をかけられた。

「おや、素敵なカップルですね！　いまなら、おふたりにピッタリの品――ふぎゃっ⁉」

声をかけてきた『うしの着ぐるみ』の顔に、流れるように拳を叩き込んだ。

「ちょ、ちょっと、カイトさん⁉　いま、ゲンコツじゃなくてグーパンでしたよ⁉　最近私の扱いが雑じゃないっすか？　アリスちゃんは、可愛い恋人ですよ⁉」

「……いや、というか、お前なにしてんの？　修復作業はどうした？」

「いやいや、アレは本体アリスちゃんの案件ですから。『出店用商売アリスちゃん八十六号』には関係ないんですよ」

「そ、そうか……」

うしの着ぐるみの馬鹿……もとい分体のアリスの言葉に、俺は呆れながらもとりあえず頷いておく。

確かに考えてみれば、あのアリスがこんな商売のチャンスを逃すわけがないか……出店用に分体のひとつやふたつ用意しててもおかしくないよな。

八十六号って番号が気になるけど、まさか都市のあちこちに八十人以上の着ぐるみがいるんじゃないだろうな？　ま、まさかな……。

「……シャルティア……私たちにピッタリなものって……なに？」

「ふふふ、コレです！」

「……なに……これ？」

「これは異世界から伝わった由緒正しい品です」

重々しい口調でアリスが取り出したのは……神社とかで売ってるお守りだった。いや、まぁ、確かに異世界の文化と言えば文化だけど……。そのお守りに関係する神様、こっちにいないからね？　御利益とかまったくなさそうな気がする。

「なんと、コレを持っていると……『恋人と超ラブラブ』になれるんです！」

……『商売繁盛』って書いてあるんだけど？

「なっ⁉　……か、買う！」

「……アイシスさん」

「さらにさらに、この水晶玉も買うことで、効果は驚きの『三倍』に！」

「……そ、それも……買う！」

「まいどあり～。では、金額の計算を……」

その三倍というのは、いったいなにを基準にした数値なんだ？　いや、まぁそれはいいとして……。

「……アリス。一言だけ言っとくぞ？」

「……へ？」

「純粋なアイシスさんを騙して、高い買い物させたら……『当分お前とは口きかないからな』……」

「……や、やだな～、アイシスさん！　ジョークですよ！　アイシスさんとカイトさんにこんなもの必要ありません!!　こんなおもちゃなくても、ずっとラブラブです!!　なんの心配も要りませんん!!」

「……え？　……でも……」

俺の言葉を聞いたアリスは、着ぐるみの状態でもわかるほど慌てた様子で、持っていた水晶玉を叩き割った。

「いま思い出しましたけど！　コレ商品じゃありませんでした!!　だから売れません！　絶対に売れません!!」

「……カイトと……超ラブラブ……」

「そういえば！　実は、最近作った『1／5サイズのカイトさんぬいぐるみ』があるんですけど！」

なにかいま、聞き捨てならない商品名が聞こえた気がするが、それより早く出店の前には山のような白金貨が出現した。

パッと見、千枚はありそうな白金貨を出したのは、もちろん……。

「買う！　全部買う!!」

「……い、いや、これ試作品なんでまだひとつしかないですし……値段は三百Rですから、その白金貨ひっ込めてください」

「……うっ……じゃあ……ひとつ買う」

「はいはい、どうぞ～」

「……ありがとう……お釣り……いらない」

もの凄い勢いで買い占めようとしていたアイシスさんだが、ひとつしかないことを聞くと、それを受け取って白金貨一枚をアリスに渡した。

三万円の商品に一千万……もしかしてだけど、アイシスさん。白金貨以外の硬貨持ってない？い、いや、この際それはどうでもいい。問題はそのデフォルメされた俺のぬいぐるみだ。

両手で幸せそうにそれを抱きしめているアイシスさんから取り上げるのは無理だが、ちょっとこの件に関しては諸悪の根源と話し合う必要がある。

「……アリス……ちょっと、後で話がある」

「……え？」

「正座する準備してから来い」

「…………え？」

なんというか、やっぱりアリスが登場すると途端に騒がしくなる。まぁ、そういう馬鹿なところもアリスの魅力だとは思うけど、俺のぬいぐるみだの等身大人形だの作ってる件に関しては――しっかりと話し合う必要がありそうだ。

アリスとアイシスさんが雑談をしてるのを見ながら、俺はガイドブックを見て次にどこに行くかを考えていた。

腹ごなしもかねて、なんかアトラクション的なものがあるところがいいな。かといって、激しい運動系のは俺が付いていけないし……できれば、祭りの屋台みたいなものがあればいいんだけど……。

そう考えながらガイドブックのページをめくっていると、ふとある文字が目に留まった。

輪投げか……いや、待て、これどっちなんだ？　スペースはやたら広い……超エキサイティングバトルスポーツの方か？

「……アイシスさん、この輪投げって……」

「「なっ⁉」」

「……え？」

ごく普通に提案したつもりだったが、なぜかアイシスさんとアリスは驚いた様子で俺の方を向く。

アイシスさんにいたっては、目が大きく見開かれ動揺しているように見えた。

「……駄目……カイト……危ないよ」

「カイトさん……そんな装備じゃ『命にかかわります』。せめてこの甲冑を……」

「ノインさんが着てるみたいなやつでてきた⁉」

「素材は『オリハルコン』です。これなら、なんとか……」

え？　オリハルコンの全身甲冑？　そんな伝説の装備みたいなのが登場するってことは、やっぱり輪投げじゃなくてWANAGEなのか。

「……カイトの魔力じゃ……『WANAGE』は……難しいと思う」

「そうですね。素人同士の戦いならともかく……せめて『音速機動』ぐらいはできないと、戦えませんよ」

「……そっか、昨日見た大会が異常だったってわけじゃなくて、アレが普通なのか……」

心のどこかで、昨日はたまたま世界ランク一位のアリスが出ていたから異常だっただけで、普通はもっと爽やかな、俺でも楽しめるスポーツだと期待していたが……完全にちがうっぽいな。

ともかく非常に危険なアトラクションで間違いないので、俺が挑戦するのは自殺行為みたいだ。

「……じゃ、じゃあ、WANAGEはやめて……金魚すくいとか？」

「『金魚すくい⁉』」

「……」

うん、もうなんとなくわかった。その金魚すくいも危険なんだね。確かにガイドブックで見る限り、こっちもかなり巨大なスペースだし……アレでしょ？　金魚が滅茶苦茶デカイとか、そういう感じでしょ？

「……な、なら射的は？」

「……でも……カイトは……『魔力弾』……使えないよね？」

「仮に使えたとしても、『空中戦』に入ると、得点するのは難しいでしょうね」

「……か、型抜き……」

「……それなら……大丈夫」

「ですね。『障害』はアイシスさんがいれば安全でしょうし、後は手先の器用さですね」

おかしいな、さっきからひとつとして俺の知ってるものと、イメージが一致しないんだけど？

やっぱりものによっては、クロが変な知識を持ってたみたいに、妙な伝わり方をしているのかもしれない。

「……ヨーヨー釣りは？」

「……ヨーヨー釣り……って？」

「少なくとも、この世界では聞いたことないっすね」

ないのか⁉　ヨーヨー釣り……なんで金魚すくいや型抜きまであるのに、ヨーヨー釣りは伝わってないんだ⁉

「……いや、うん……えっと……なんか安全なアトラクションは？」

もう自分で考えるのはやめにして、お勧めのアトラクションを聞くことにした。

「そうですね～。う～ん……」

「……シャルティア……『リングターゲット』とか……どう？」

「ああ、いいですね！　アレなら、子供でもできますね！」

するとリングターゲットという聞き覚えのない名前が登場する。名前を聞く限りでは、的当てのようなものだと思うけど……。

「リングターゲット？」

「ええ、わりとお祭りでは定番の遊びなんですけどね。名前の通り、リングを使います」

「……少し離れた場所から……リングを投げる」

「うん？　あれ？」

「ターゲットは点数の付いたポールですね。十点、三十点、五十点、百点と四種類です」

「……リングを投げて……ポールに引っかけて……設定された得点以上なら……景品が……もらえる」

「……」

ふむ、つまり、要約すると……少し離れたところから、点数の付いたポール……棒に、リング……輪っかを投げて引っかける。

「……輪投げじゃねぇか⁉」

「なに言ってるんすか、カイトさん？　ＷＡＮＡＧＥとは別物ですよ」

「……うん」

「いや、だから、そうじゃなくて……ああ、もうっ⁉」

伝わらないこの気持ち……うん、もう、諦めよう。

アリスに関してはアイシスさんと違って、俺の言う輪投げとかも知った上でとぼけてる気がするのでゲンコツ落としたい気持ちもある。だって、ヨーヨー釣りの時に『この世界では』聞いたことないって言ってたし……。

＊＊＊＊＊＊＊＊＊

なんだかんだでこの世界に来て初めて、育った文化の違いで話が通じないという事態を経験したあとは、引き続きアイシスさんと祭りを見て回る。

リングターゲットという名の輪投げをしたり、古本を売っている店を見たりと、のんびりとデートを楽しんでいく。

「へぇ……服なんてのも売ってるんですね。これは、中古品ってことでしょうか？」

「……ううん……たぶん……新品……この通りは……新人デザイナーが……多く集まってる」

「なるほど、だから見たことないデザインの服も多いんですね」

どうやらこの通りには、名を上げようとする新人デザイナーが集まっているらしい。確かに、六王祭に招待されている客の中には、六王から一定以上の評価を得ている人……高い地位や財力を持っている人も多い。

コネ作りという面を考えても有効だし、そういう財力や地位のある人の中には珍しいものを好む人も多いだろう。となると、この通りは新人デザイナーにとっては有益な場というわけだ。

そして必然的に作る商品にも力が入っていて、特に一点もので豪華な礼服やドレスが多いように見える。

「そういえば、アイシスさんってお洒落ですよね？」

「……そう？」

アイシスさんはフリルの多いゴシック風の服を好んで着ているが、かなりの種類を持っている気がする。

一番よく身に着けているのは、水色や青系統のドレスだが、それ以外にもいくつかの色のゴシック風ドレスを見た覚えがある。

しかも、ただ色が違うだけではなくデザインもそれぞれ違っていたし、結構服装には拘《こだわ》っているイメージだ。

「ええ、いろいろ可愛らしい服を着てますし……どこか、行きつけの服屋とかがあるんですか？」

「……ううん……買ってない……私の服は……クロムエイナの服と一緒……『魔力で作ってる』」

「……クロの服と一緒？　それって、あの自在に形を変えるロングコートですか？」

「……うん……魔力の物質化……自由に色や形を……変えられるから……便利」

なるほど、翼になったり畳になったりするクロの面白ロングコートと同じで、魔力を物質化して服にしているのか……。

たしかにそれなら術者の意思ひとつでいくらでも形を変えられるし、魔力の塊ということは防御力や動きやすさという面でも優秀そうだ。

俺もできたら便利なんだろうけど、以前クロに聞いた話だと魔力の物質化はかなり難しい魔法らしい。うん、まぁ、俺は大人しくアリスから買うことにしよう。

「……こんな……感じ」

「お、おぉ⁉」

アイシスさんがそう言いながら、着ている服の色を青から白に変えたり、フリルを増やしたりと実践して見せてくれた。

う～ん。アイシスさん……白色も似合うな……。白いフリフリのドレスを着た姿は、紛うことなき天使である。

「……カイト……私には……どんな色の服が……似合うかな？」

「う～ん。俺個人がよく着る服は黒色ですが……アイシスさんには、淡い白っぽい水色とか、淡い感じの色合いが似合うと思いますね」

なんとなくではあるが、雪みたいなイメージの服が似合いそうな気がする。淡い水色のドレスを着ると、まさに雪の妖精って感じですごく可愛らしい。

「……こんな色？」

「ええ、よく似合ってて……えっと、すごく可愛いです」

「……ありがとう……カイトにそう言ってもらえると……すごく……嬉しい」

惜しみない賞賛の言葉を送ると、アイシスさんははにかむような笑みを浮かべてくれる。

その純粋で可愛らしい笑顔を見て、急に恥ずかしくなった俺は、少し慌てながら視線を泳がせた。

「……あっ、アイシスさん。あそこにアイスクリームの屋台がありますよ！　せっかくですし、少し休憩しながら食べませんか？」

「……うん」

「じゃ、じゃあ、俺が買ってきます。アイシスさんは、なに味がいいですか？」

「……じゃあ……チョコレート」

「了解です。少し待っててくださいね！」

やや強引に話を切り替え、少し離れたところにあったアイスクリームの屋台に向かう。

辿り着いた屋台の品揃えはそれなりに優秀な感じで、アイシスさんが希望したチョコレート味もちゃんとあった。

俺個人としては、アイスクリームの№1は抹茶だと思っているが……残念ながら、抹茶は売ってないみたいだったので、ストロベリーのアイスクリームを買うことにした。

しかし注文を伝え、いざ会計というタイミングで……俺はある重大な事実に気が付いた。

しまった、ここに来るまでいろいろ見て回った時に、銀貨以下の硬貨を綺麗に使いきってしまった。いまあるのは、金貨と白金貨のみである。

さすがにひとつ一Rのアイスクリームをふたつ買うのに、金貨で支払うのは……もはや嫌がらせレベルだろう。

しかし、アイシスさんも白金貨以下の硬貨は持っていない。となると……仕方ない。くずしておかなかった俺が悪いわけだし、ここは金貨で払って釣りはいらないと言うことにしよう。

無駄遣いな気はするが……正直、一度言ってみたかったし……。

「はい、丁度ですね。ありがとうございます」

「……え？　あれ？」

金貨で払おうと考えていた俺の思考を遮るように店主の声が聞こえてきた。その声に反応して顔

を向けると……店主は首を傾げながら、俺にふたつのアイスクリームを差し出してきていた。

「……あ、あの、俺まだ払ってない……ですよね？」

「え？　『そちらのお連れさんからいただきました』よ？」

「……え？　連れって——なっ⁉」

アイシスさんが一R硬貨を持っているとは思えなかったが、連れと言われて反射的に視線を横に動かし……そして俺の思考は完全に停止した。

動かした視線の先、俺の隣にはいつの間にか……薄い茶のセミロングヘアーの小柄な女性が立っており、その女性は俺を見てパチリとウインクをした後、なにも言わずに背を向けて去っていった。

その姿を見た瞬間から、俺は声をかけることができないほどに動揺していた。頭は真っ白で、心臓が恐ろしいほど早く動き、全身から汗が噴き出すような感覚を味わいながらも……俺の体は石化でもしたかのように、少しも動いてくれない。

そんな、馬鹿な……ありえない……だって……え？　いや、なんで……。

「……母……さん？」

ようやく口から声が出た時には、もう……その女性の姿は人ごみに消えてしまっていた。

拝啓、母さん、父さん——他人の空似だということは、わかっている。世界には似た人が三人はいるって聞いたこともある。だけど、それでも、動揺を抑え切れないほどに……先程見た女性は、母さんに——瓜二つだった。

第五章　母の面影

俺の母さんは、背が小さくて……料理がとても下手な人だった。

『ぐ、ぐぬぬ……このキッチン高くて使いにくい。はっ⁉　もしかして、私の料理が上手くいかないのは、身長と合ってないキッチンのせいなんじゃ……』

『いや、母さんの料理は……すごく雑だからじゃないかな？』

『あなた？』

『い、いや～、夕食が楽しみだなぁ……あはは』

しかも、料理だけじゃなくて、なんというか……手先が不器用で、その上どこか抜けてるところがあって、よく失敗をしていた気がする。

だけど、いつもニコニコ明るい笑みを浮かべていて、俺のことを本当に大切に想っていてくれた。

『快人！　もうすぐ運動会だよね？　お母さんいっぱい応援するから、ね？　あなた？』

『ああ、カメラは任せろ！　最新機種をドーンとボーナス一括払いで買おうじゃないか‼』

『……ふ、普通ので……いいよ？』

よく父さんと一緒になって、大袈裟なことを言ってたりしたたっけ……。

そして、誰よりも前向きで、誰よりも未来に希望を持っている人だった。

『……母さん。その手帳は、なに？』

『ふふふ、これはね。お母さんが叶えたいな〜って思った夢をメモしてるんだよ』

『叶えたい夢？』

『うん！　一度しかない人生なんだから、胸いっぱいの夢を持っていたいんだよ。まぁ、もちろん全部を叶えるなんてできないけど……ちゃんと叶った夢もあるからね』

母さんがよく持ち歩いていた手帳は……母さんが死んでから俺の手に渡り、そこで初めて中を見ることになった。

その手帳には母さんが子供のころから抱いたたくさんの夢が記されていて、叶えたものには印が入っていた。

「スチュワーデスになりたい」とか叶わなかった夢がある傍ら、花丸の印が付いた「素敵な恋愛がしたい」なんて夢もあった。

そして、一番新しい夢は……「愛しい快人が、私が自慢できるような立派な大人になってくれる（絶対叶う）」と、そんな内容で……それを見た時は、涙があふれてきた。

母さんは、いつでも俺を応援してくれていた。本当に、いつも、いつも……俺は、そんな母さんが大好きだった。

『……母さんは、なんでそんなにいっぱい応援してくれるの？』

『おっと、もちろん快人が悪いことをしたら叱るよ？　でも、そうじゃないなら、可愛い息子を応援しない理由なんてないよ』

『……』

『快人の人生はまだまだこれからだけど、覚えておいてね。私はいつだって、快人を応援してるよ……私は、いつまでも快人の一番の味方でいたいから……ね?』

いつだって、母さんは俺の背中を押してくれていた。いつも、いつも、がんばれって……そう、言ってくれた。


そう、死ぬ直前ですら……。


『快……人……がんばって……もうすぐ……助け……から……貴……だけ……も……きて……』

それが……朦朧とする意識の中で、最後に聞いた母さんの声だった。

＊＊＊＊＊＊＊＊＊

「……ト……カイト?」

「え?　あっ……す、すみません」

「……大丈夫?」

「え、ええ、大丈夫ですよ」

「……でも……さっきから……アイスクリーム……食べてない」

心配そうに俺の顔を覗き込むアイシスさんを見て、ようやく俺は我に返る。

母さんと瓜二つの女性を見かけた衝撃は大きくて、いまだ頭の整理がつかない。

「……なにか……あったの？」

「……そ、れは……」

「……無理には……聞かない……でも……カイトがいいなら……教えてほしい」

「……上手く、説明できないかもしれませんが……」

純粋に俺を心配しながら、踏み込んでも大丈夫かどうか迷うような表情を浮かべるアイシスさん。その表情を見ていると、少しだけ心が落ち着いてきた気がした。

そして俺は、ゆっくりと話し始めた。先程あった出来事……アイシスさんのいる位置からでは、俺に隠れてよく見えなかったであろう人物の話を……。

話す内容自体は簡単だ。死んだ母さんとそっくりの人を見かけて、動揺してしまったと……たったそれだけ。

しかし、ザワつく感情を上手く表現するのは難しく、なにせ、自分自身でも答えは出ていないのだから……。

「……別人だとは……わかってるつもりなんです。でも、それでも、もしかしたらって……可能性としては……もしかしたらって……」

「……私は……別人だと……思う……カイトのお母さんは……『別の世界で死んだ』……」

「……」

「……でも……私も死者の蘇生に関しては……詳しくない……クロムエイナに聞いてみると……い

いかもしれない」

「……はい」

わかっている。別人の可能性が濃厚……いや、ほぼ確実なのは……もし本当に母さんが生き返ったのなら、あそこで俺に声をかけてきたはずだ。

けど、理解するのと納得できるかどうかは別……もし母さんが生きていたらと、そんな考えが頭から消えてくれない。

考えたところで答えが出るはずもないが、それでも考えずにはいられない。そんなどうしようもない動揺を感じていると、ふいに体が引き寄せられ……柔らかな感触が顔に触れた。

「……え？」

アイシスさんが俺を引き寄せ、胸に抱えるように抱きしめたのだと、すぐに理解できた。柔らかい胸の感触、少し冷たい体、そして鼻孔をくすぐる心地いい香り。

「……カイト……私を……見て」

「……アイシスさんを？」

「……うん」

言われるがままに視線を上げると、優しげな表情を浮かべたアイシスさんと目があった。

「……忘れろなんて……言わない……カイトにとって……すごく大事なことだと……思う」

「……」

「……でも……考えすぎるのも駄目……それは……すごく疲れる……」

「……アイシス……さん？」

ギュッと俺の頭を抱きしめながら、アイシスさんは子守唄のように優しい声で告げる。

「……『私がいる』」

「……へ？」

「……カイトは……お母さんと会えないかもしれない……けど……カイトには……私がいる」

「……」

「……私には……カイトの苦しみを……消してあげることは……できない……でも……一緒にいることはできるから……カイトを……ひとりになんてしない……辛い時は……私がずっと……一緒にいる」

それは、かつて俺がアイシスさんに告げた言葉。

苦しみを消すことはできない、それでも一緒にいることはできると……孤独に震えるアイシスさんを抱きしめながら、伝えた言葉……アイシスさんは、それを自分の言葉として俺に返してくれた。

胸にじんわりとした温かさが広がってくる。そして、気が付いた時には、俺はアイシスさんの背中に手を回していた。

「……だから……いまは……私だけを……見てほしい」

「……はい。その、ありがとうございます。ちょっと、急な出来事でナイーブになってたみたいです」

「……カイトが……元気になってくれたなら……私は……嬉しい」

「はい……えっと、それで、その……迷惑でなければ、もう少しこのままでいてもいいですか？」

「……いっぱい……甘えて……いいよ」

「……うん……ありがとう」

お礼の言葉を告げてから、俺はそっと目を閉じてアイシスさんに身を任せる。

そういえば、この世界に来てからこんな風に甘えられたのは……心地いい安心感を得たのは、クロ以外では初めてかもしれない。

＊　＊　＊　＊　＊　＊　＊　＊　＊

六王祭には多くの出店がある。祭りで定番の屋台から、本格的な飲食店までさまざま。

大半の店は六王配下が行っているが、事前に申請すれば招待客でも店を出すことができる。

高位魔族エリーゼも、六王配下ではなく申請して店を出したひとりだった。

魔力の大きさから高位魔族に認定されてはいるが、爵位級ではない。そして彼女に戦闘力は皆無であり、六王ともほとんど関わりはなかった。

ただ、エリーゼには占いと魔法具作りの才があり、小さな店を経営しながら細々と暮らしていた。

セーディッチ魔法具商会とも細いながらパイプがあり、そのツテで六王祭に招待された。せっかくの機会なので、得意な占いの出店を行おうと申請して、いまに至る。

本音を言えば、この機会に伯爵級などの高位魔族と知り合うことができればいいな〜と、小さな下心もあるにはあった。

小心者で大きな野心を抱くことはないが、そこそこに欲もある。そんなごく普通といっていい存在。そんな彼女は、いま……過去最大の危機に直面していた。

「……相性占い……してほしい」

「ひゃい⁉」

母親そっくりの女性を見かけた衝撃から立ち直り、改めて祭りを回っていた快人とアイシス。そのふたりが、たまたま見かけたエリーゼの店に興味を持ち立ち寄った。言葉にすればたったそれだけである。

（し、死王様⁉　う、嘘、ほ、本物……いやこれ絶対本物です⁉　さっきから体の震えが収まらないよぉ……こ、怖い……）

彼女のような普通の魔族にとって、アイシスはまさに恐怖の象徴とすら言える存在である。目の前にいるというだけで大量の冷や汗が流れてきていた。

そして不幸なことに、なまじ大きな魔力を持つが故に気を失うこともできない。

（な、なな、なんで、死王様が私の店に……い、一緒にいる男性は……ま、まさかあの『噂の人間』なのですか⁉　死王様の寵愛を受けている人間……あばばばば……）

本人に自覚はないが、快人は魔界においてそれなりに有名である。魔界の頂点である六王と交流を持ち、人界唯一のブラックランクの招待状を持つ。エリーゼにとっては、雲の上の存在と言っていい。

もっとも快人は『提示すれば』すべての施設が無料になるブラックランクの招待状を、あまり使う気はないみたいで、出店では普通にお金を支払って購入しており、今回も特に提示したりする気はなかった。

それは、無料というのは申し訳ない気持ちが半分、ブラックランクの招待状を提示することで目立つのが嫌だという気持ちが半分だった。

もっとも、アイシスと一緒にいる時点ですでに目立ちまくっているのだが、そのことに気付かないあたり、やはりどこか抜けているところがある。

（う、噂では『冥王様が負けた』とか『百匹以上のブラックベアーを一瞬で始末した』とか、『戦王様の配下を圧倒した』とか『戦王様との真剣勝負に勝利した』とか『幻王様を殴り倒して配下にした』とかって……あの噂の⁉）

本人が聞けば頭を抱えそうな内容ではあるが、一般魔族にとっての快人の印象はだいたいこんな感じだった。

（あ、相性占い？　この二方の？　……わ、悪い結果を出したら……こ、殺されるのですか⁉）

勿論そんなことはない。しかし、天上の存在と言っていい快人とアイシスを目にして、エリーゼは完全に冷静さを失っていた。

「……どんな……占い……なのかな？」

（ッ⁉　死王様……私の占いを知らない？　な、なら、なんとかなるかもしれません⁉　ど、どんな結果が出ても『最高の相性です』とか言っちゃえば……)

「えっと、ガイドブックによるとカードを使った占いみたいです。えっと、相性占いなので……女性、男性の順でカードを四枚引いて、絵柄と出た順番で占うらしいですよ。組み合わせも全部のってます」

(なに余計なこと言ってくれちゃってるんですか、人間さん⁉ ていうか、そのガイドブックはなんですか? 組み合わせまで全部バレてるんですか? わ、私も欲しいです……じゃなくて、どど、どうすれば⁉)

微かに見えた光明も、快人によって粉々にされたエリーゼは、震える手で占いに使うカードを取り出し、ふたつの山に分けて置く。

一瞬イカサマでカードの絵柄を調整しようとも考えたが、このふたりを欺く自信はなく、エリーゼは通常通りに占うしかなくなってしまった。

「……で、では、し、死王様から……よ、四枚引いてください……」

(こうなったらもう祈るしかないですよ! 神様、創造神様、お願いします。いい結果が出てください)

「……わかった」

エリーゼの相性占いは、ハート、剣、太陽、月、星、花、王冠の七種類のカードを四枚ずつ入れた、計二十八枚のカードで行われる。

出た絵柄の組み合わせと、順番によって結果が変わる。

（お願いします。ハート引いてください！　ハートが始まりなら、どれも大抵いい結果になるので……）

「……月……」

（うにゃあぁぁぁぁぁ⁉　つ、月⁉　初手月は駄目です！　それだと、かなりの確率で悪い結果に……）

「……星……剣……月……かな？」

（……終わった。死王様、それ最悪の組み合わせと順番です……女性側がそのパターンだと、男性が『ハート四枚』引く以外は、悪い結果にしかならないです。残り二十四枚から四連続ハートなんて無理です）

アイシスが引いたカードは、占いの中で『最も良い結果』のパターンがひとつだけで、残りはすべて悪い相性にしかならない組み合わせと順番だった。

エリーゼは魂が抜けたような表情を浮かべ、ぼんやりと次に引く快人の方に視線を向ける。

「……カイトの……番」

（……私、ここで死ぬんですね。まだ、やりたいことも食べたいものもあったのに……そりゃ、ちょっとくらいは欲をかきましたよ。有名な方にコネができればな～なんて……でも、なにもこんなことにならなくても……）

「あ、はい……え～と、ハートですね。次は……あれ？　またハートです。三枚目もハート？……四枚目も？　珍しいこともあるもんですね。全部ハートでした」

「マジですか⁉」

「へっ⁉　あ、は、はい」

放心していたエリーゼは、快人の引いたカードを見て一瞬で我に返り、食い気味に詰め寄る。

その豹変した様子に驚愕しつつ、快人が頷くと……エリーゼは肩を小さく震わせた後、ガッツポーズを取りながら叫んだ。

「最高！　最高の組み合わせです！　ふたりの相性はこれ以上ないってレベルですよ！　運命の赤い糸とか、繋がりまくりです‼」

「そ、そうなんですか？」

「ええ、まさにベストカップルです‼」

「……カイトと……ベストカップル……嬉しい」

大逆転と言える形で最高の結果が出たお陰で、アイシスは心から幸せそうな笑みを浮かべ、快人の手を愛おしそうに握る。

快人もそんなアイシスを見て、少し恥ずかしそうにしながらもギュッと手を握り返していて、ふたりの間には恋人特有の甘い空気が流れ始める。

「……ありがとう……これ……お代」

「あ、はい……って、死王様⁉　これ、は、白金貨⁉」

「……おつり……いらない」

「え？　い、いや、えっと……はい」

心底幸せそうな笑顔で白金貨をエリーゼに渡した後、快人とアイシスは仲睦まじく去っていった。

それをぼんやりと見送った後で、エリーゼは大きな……本当に大きな溜息を吐いた。

「はぁぁぁ～……よ、よかった。殺されなくて……」

なお、別に結果が悪くても殺されることなどなかった。あくまで彼女の勘違いである。

安堵しているエリーゼはまだ知らなかった。この後、アイシスから話を聞き、冥王や幻王が快人と一緒に店にやってくることを……。

＊＊＊＊＊＊＊＊＊

途中にちょっとしたアクシデントはあったものの、六王祭四日目を十分に楽しんだ俺とアイシスさんは、四日目の締めに行われる花火を見に来ていた。

主催者であるアイシスさんが特別に用意してくれた、花火を一望できる小高い丘へ移動し、アイシスさんと並んで座る。

この丘には一面に『ある花』が植えられているみたいで、薄暗くなりつつあってもその姿はハッキリと見ることができた。

青い結晶のように透き通った花びらを持つその花は、どこか懐かしく、それでいてどんなものよりこの場に相応しいと感じられた。

「……カイトと出会ってから……この花が……すごく好きになった」

「たしかに、俺もブルークリスタルフラワーには思い入れが多いですね」

「……うん……私とカイトの……思い出の花……」

「確かに、その通りですね」

初めて会った日にアイシスさんから貰ったブルークリスタルフラワーは、俺の部屋に大切に飾ってある。アイシスさんの言う通り、あの花は俺とアイシスさんにとって思い出の花と言って間違いない。

そこまで遠い日のことじゃないはずなのに、ずっと昔のように感じる。アイシスさんと、もう何年も一緒にいたかのようにさえ感じている自分がいる。

いつからだろう？　アイシスさんと一緒にいると、心が落ち着くようになったのは？　ひとつひとつの仕草が愛おしくてたまらなくなったのは……。

思い出を重ねる度、どんどん彼女の存在は大きく、そして愛おしくなっていく。まるで、限界なんてないんじゃないかってくらいに……。

「……私は……ずっと……この世界が……私自身が……嫌いだった」

「……え？」

そんなことを考えていると、アイシスさんがポツリと囁くように言葉を溢し、俺はアイシスさんの方に顔を向ける。

「……世界は……私に優しくなくて……私は……他人を怖がらせてばかり……ずっと……ずっと……大嫌いだった」

「……」

「……私は……なんのために生まれたんだろう？　……なんで……死の魔力なんてものが……私に宿っているんだろうって……何度も……何度も……考えた」

自分が嫌いだったという気持ちは、俺にも少しだけだが理解できる。自分に優しい言い訳ばかりして逃げてばかりで、変わることもできない自分が嫌いだった。

しかし、俺がそんな、理想と現実との差とでも言うのか？　自分自身の不甲斐なさに苦しんだのは、十年にも満たない年月でのことだ。

それでも、どうしようもなく苦しかった。自分なんて不要な存在なんじゃないかって考えるのは、苦しくて心が凍えるように寒かった覚えがある。

それと同じ、いや、俺のように逃げていたからではなく、生まれながらの特性として経験した苦しみはもっと大きなものだろう。

それを、アイシスさんはいったいどれだけの年月耐えてきた？　何千、何万年？　言葉にするだけなら簡単だが、その重みはただの人間である俺には理解できない。

「……でも……いまは……違う……私は……カイトと巡り合えたこの世界が……好き……カイトを愛おしく感じられる自分が……大好き」

「……アイシスさん」

「……私には……フェイトみたいに……運命を見ることはできない……でも……運命っていうものがあるなら……私はきっと……カイトに出会うために……生まれてきた」

言葉のひとつひとつに表現しきれないほどの想いを込めて、アイシスさんはゆっくりと言葉を紡いでいく。

それはひとつの歌のようにも聞こえ、美しい声とともに心の奥底に染み込んでいくかのように感じることができた。

「……カイト」

「は、はい！」

「……私は……カイトが大好き……誰よりも……なによりも……愛おしい……だから……すぐにじゃなくていい……いつか……カイトの準備ができたら……私と……結婚してほしい」

それは、かつてアイシスさんが初めて出会った時に口にしたのと同じ内容。だが、それを受け取る俺の心には、あの時とはまったく違う感情が宿っていた。

あの時は、会ったばかりの相手にいきなり求婚されて、戸惑いが大きく……失礼な話ではあるが、少し怖いと思ってしまった。

だけど、いまは……ただ、その言葉が、アイシスさんが向けてくれる好意が、嬉しくて仕方なかった。

だからこそ、俺は少し沈黙した後で、まっすぐアイシスさんの目を見つめながら口を開く。

「……まだ、少し時間がかかると思う。この世界でこれから先もずっと生きていく準備を終えて、お世話になった人たちに別れを告げ終えたら……必ず、いま貰った言葉を、俺自身の言葉として告げる。だから、待っていてほしい」

「……うん！」

「……ありがとう、アイシスさん。貴女と出会えて、本当に良かった」

「……うん？　……あれ？　……カイト……敬語じゃない？」

「え？　あれ？　す、すみません!?　つ、つい……」

「……ううん……私は……そっちの方が……嬉しい……だから……カイトがいいなら……カイトの素の口調で……話してほしい」

「わかりました……あっ、いや、わかった。な、なんか、まだちょっと混乱する」

「……ふふふ」

意識せずに素の口調になったことに少し混乱する俺を見て、アイシスさんが幸せそうな微笑みを浮かべる。

そして丁度そのタイミングで、まるで俺たちを祝福するかのように……夜空に大輪の花が咲いた。

「……あっ……花火」

「……アイシスさん？」

「……うん？」

「改めて言わせてほしい。貴女が好きだ」

「……私も……カイトが大好き」

それ以上の言葉は必要なかった。夜空を照らす色とりどりの花の下で……俺とアイシスさんの影が重なった。

拝啓、母さん、父さん――初めて会った時は、戸惑いと同情が強かった。けど、一緒にいるうちに、それは安らぎと好意へ変わっていった。他人から友人へ、友人から恋人へ……そして、恋人から先へと、より多くの思い出を積み重ねて進んでいくような――そんな未来への一歩を踏み出したよ。

＊＊＊＊＊＊＊＊

アイシスさんとのデートが終わり、本来ならそのまま中央塔へ帰って夕食となる。しかし、今日はリリアさんたちと一緒に食べる約束をしているので、クロたちに断りを入れてからそちらへ向かうことにする。

中央塔から外に出ると、迎えに来てくれたのか、見慣れた人物の姿があった。

「……あれ？　ルナマリアさん。わざわざ迎えに来てくれたんですか？」

「ええ、人気のある店は混み合いますので、お嬢様たちには先に向かってもらっています」

「そうなんですね。ありがとうございます」

「いえ……ところで、ミヤマ様？」

「はい？」

お礼の言葉を伝えると、ルナマリアさんは気にするなと言いたげに微笑んだ後、なにやら真剣な表情に変わって口を開いた。

「……前々から、聞こう聞こうとは、思っていたのですが……」

「なんでしょう？」

「……なぜ、いまだに『ルナマリアさん』と呼ぶんですか？」

「……は？」

真剣な表情で告げられた言葉は、予想していなかったものだった。俺はイマイチ言葉の意図がわからず、首を傾げながらルナマリアさんの言葉を待つ。

「ミヤマ様がこの世界に来て半年、私は大事なお客様としてミヤマ様に『献身的に接してきた』つもりです」

「……いや、俺にそんな記憶はないですね」

「そのかいもあって、私とミヤマ様の仲も親密になったはずです！」

「……」

……おい、無視するな、駄メイド。親密になったかどうかはさておき、献身的に接してもらった覚えはないんだけど⁉　どっちかって言うと、隙あらばからかおうとしてたよね⁉　ていうか、何度かしっかり嵌めてくれたよね‼

「なのに……私は、いまだにミヤマ様との間に心の壁を感じています！」

「……いままさに、俺の心にさらなる壁が形成されていってますよ？　より大きくなってますよ？」

「自分で言うのもなんですが、私は『数々の場面でミヤマ様をサポート』し、ともに困難に挑み、もはや戦友と言っていい間柄であると自負しています」

「いや、だから、なに図々しいポジションに居座ろうとしてるんですか……本当にそれ自称ですからね」

「しかし！　それでも！　私たちの間には、いまだに大きな壁があります」

「……」

全然話聞いてくれないんだけど⁉　さっきから一切会話のキャッチボールが成立してない⁉

こっちが投げた球、全部回避してるんだけどこの駄メイド⁉

呆れ果てたものだが、この様子だと否定したところで聞いてはくれないだろう。

俺は大きな溜息を吐いてから、ルナマリアさんが望んでいるであろう言葉を告げる。

「……で、結局、なにが言いたいんですか？」

「よくぞ聞いてくださいました！　私とミヤマ様に足りないもの……それはズバリ、呼び方です！」

「……はぁ」

「クスノキ様やユズキ様は、私のことを親しみを込めて『ルナさん』と呼んでくださるのに、ミヤマ様だけいまだに『ルナマリアさん』呼び……これは早急に訂正すべき案件ではないでしょうか？」

「……いや、だって……愛称で呼ぶほど親しみを感じないですし……」

「ちょっと、ミヤマ様？　さっきからスルーしてましたけど、ちょくちょくとんでもない毒を吐いてますよ？　私だって、なにを言われても傷つかないわけじゃないんですよ⁉」

要するにルナマリアさんが言いたいのは、ルナさんって呼んでほしいってことか？　いや、まぁ、反射的に文句は言ったけど……別にルナマリアさんのことが嫌いなわけではない。

人をからかうことに全力を尽くすような、どうしようもない人ではあるが……頼りになる部分もあるし、真剣に悩んでいる時は親身になって相談にも乗ってくれる。

「わかりました。じゃあ、これからはルナさんとお呼びしますね」

「……え、ええ、望むところです」

「……なんで目を逸らすんですか？」

「い、いえ、実際言われてみると……しょ、少々気恥ずかしいですね」

自分から要求してきた癖に、いざ呼ばれると恥ずかしかったみたいで、ルナさんは頬を微かに染めてそっぽを向いた。

ふむ、前々から思ってたけど……ルナさんって、意外と恥ずかしがり屋なのかな？

「……まぁ、いろいろ酷いことも言っちゃいましたけど……ルナさんのことは信頼してます」

「そ、そうですか……」

「つい、親しみやすくて遠慮がなくなってしまって、申し訳ない。これからも、仲良くしてもらえると嬉しいです」

「……い、いや、まぁ、冗談だとわかっていますので、謝罪する必要はありませんよ。わ、私もミヤマ様のことを嫌っているわけではありませんし……いえ、その、人物的にはむしろ高評価というか……そ、それなりに好意的にも感じていますし……」

「……」

「……なんで笑ってるんですか？」

ストレートに好意を伝えてみると、予想通りというか、予想以上というか……ルナさんは慌てた様子で、俺のことを嫌っているわけではないと返してくれた。

その反応が面白くて、俺の口元に笑みが浮かぶと、ルナさんはジト目に変わる。

「……まさか……ワザとですか？」

「いえ、まぁ、なんというか……ルナさんって、結構可愛いところありますよね」

「こ、このっ……弄びましたね⁉　私の純情を弄びましたね⁉　いつの間にそんな悪い男になったんですか‼」

「いつもの仕返しですよ……まぁ、ルナさんを信頼してるってのは、本当ですけどね」

「ぐ、ぐぬぬ……」

珍しく悔しそうな表情を浮かべるルナさんを見てもう一度笑ったあと、俺はゆっくりと歩きはじめる。

「……さぁ、リリアさんたちが待ってるんですよね？　急いで向かいましょう」

「くっ……こ、この屈辱は……絶対にいつか返しますからね」

「楽しみにしてますよ」

「くぅぅぅ」

真っ赤な顔で唇を噛みながら、俺に続いて歩きだすルナさん。なんだか普段とは違う一面が見られて楽しかった。

まぁ、後に控えている逆襲が怖いけど……。

と思う。

悪戯《いたずら》好きで、駄目な部分も多い人だけど……なんだかんだで、ルナさんは大切で頼りになる友人だと思っている。今回のことでいつか来るであろう報復は不安だけど――こんな関係も悪くはない

ルナさんと一悶着あった後、一緒にリリアさんたちがいる飲食店に向かって歩いていたのだが……どうやらまだ、万事解決とはいかないらしい。

「……あの、ルナさん？　そろそろ機嫌直してくれませんか？」

「……は？　いったいなにを仰っているのでしょうか？　それではまるで、私が怒っているように聞こえるではありませんか？」

「……いや、だって、さっきからそっぽ向いたままですし……怒ってるというか、拗ねてますよね？」

先程からかったのがよほど悔しかったのか、ルナさんはずっとそっぽを向いたままで言葉にもどこかトゲがある。

しかも、本人は断固としてそれを認めないという……なんとも面倒な状況になりつつあった。

「はっ、私が拗ねている？　ミヤマ様もおかしなことを仰いますね。まさか、私がたかだか二十年程度しか生きていない若造にいいように弄ばれて、反論ができずにいるみたいじゃぁないですか？思い上がりも甚だしいですね！」

「……い、いや、でも、実際」

「いいですか、『拗ねているって言った方が拗ねているんです』。つまり本当に敗北感を感じている

のは、ミヤマ様の方ではありませんか？」

「……そ、そうですね」

子供かこの人は⁉　完全に『馬鹿って言った方が馬鹿理論』じゃないか⁉　悪戯好きだったり、元々子供っぽい面はあったりしたけど……怒り方まで子供なのか、ルナさん。

しかし、まいった。この拗ね方だと、すぐには機嫌を直してくれそうにはない。できればリリアさんたちに合流するまでには、なんとか修復したいところだが……。

「ル、ルナさん、俺が悪かったですから機嫌を……あれ？」

「……」

できるだけ下手に出てルナさんの怒りを鎮めようと、意を決してルナさんの方を向いたが……向いた方向にルナさんの姿はなかった。

そして、直後になぜか、後ろから俺の両肩に手が置かれた。

「へ？　ちょっ、ルナさん⁉　どうしたんですか？」

「……助けて……」

「……は？」

「……助けてください。カイトさん……」

「だ、大丈夫ですか？　どこか体調が……」

状況はまったくわからなかったが、俺の肩を掴むルナさんの手が震えており、首を向けてみるとルナさんは青い顔で俯いていた。

明らかに様子がおかしく、俺のことも普段とは違い『カイトさん』と弱々しい声で呼んでいる。

もしかして体調が悪くなったのかと思って声をかけるが、ルナさんは俯いたままで首を振る。

その反応に俺が首を傾げると、ルナさんは手を震わせながら前方の地面を指差した。

「……あ、ああ、あれ……」

「……うん？　って、アレは……『芋虫』？」

「ひぃっ⁉」

ルナさんが指差した先には、小さな……本当に小さな芋虫らしきものがいた。

もしかして、あの芋虫に怯えてるの？　なんか、悲鳴あげながら俺の背中にしがみ付いてきたし
……って、そう言えば、ルナさんって虫が苦手だってリリアさんが言ってたような気がする。

「……虫、やだ……虫やだぁ……『ワーム』はやだぁぁぁぁぁ」

「ル、ルナさん、落ち着いてください⁉　だ、大丈夫です！　俺がいますから、すぐにどかしますから……」

「うぅ、カイトしゃん……は……はやく……やっつけてぇ……」

「りょ、了解です。だから、ちょっとだけ手を離して……」

「やっ！　行っちゃやだぁ⁉」

「……」

どうすりゃいいんだよこの状況⁉　完全に幼児化してるじゃないかルナさん⁉　肩にしがみ付かれたままで、どうやって芋虫をどけろっていうんだ？　足？　足でどかすの？

いや、それにしても近付かなきゃいけないわけで、この状態のルナさんを芋虫に近付けたらどうなるかわからない。

「……アリス、ヘルプ」

「いやいや、カイトさん？　『花も恥じらう乙女』に芋虫処理しろなんて……」

「大丈夫。お前は、俺の中で花も恥じらう乙女にカテゴライズされてないから」

「何気に酷いっす……いや、まぁ、実際平気なんですけどね」

文句を言いながらもアリスは、芋虫をひょいっと摘み上げて遠くに放り投げてから姿を消した。

うん、やっぱり非常に頼りになる。今度なにか奢ってあげよう。

「ほ、ほら、ルナさん？　もう虫はいなくなりましたよ！　大丈夫ですからね？」

「うぅ……ほ、ほんとですか？」

「ええ、大丈夫です！　もしまた虫が出ても、俺がちゃんと守りますから！　ルナさんには指一本触れさせませんから、安心してください!!」

「カ、カイトさん……」

震えるルナさんに必死で声をかけると、ルナさんはようやく顔を上げ、潤んだ目で俺を見つめてきた。

不覚にも、ドキッとしてしまった。ルナさん、性格はアレだけどすごい美人だし、普段とは違う弱々しい姿のギャップもあって、儚げな美女に見えた。

ルナさんは少しの間俺を見つめた後、ハッとした表情に変わり、慌てて俺から離れた。

「……み、見苦しいところをお見せしました」

「い、いえ……誰にでも苦手なものはありますから……」

メイド服のほこりを払うように手を動かしながら、耳まで真っ赤にして顔を逸らすルナさん。まさか、ここまで虫が苦手とは、さすがに想像してなかった。

尋常じゃない怯え方だったし、ワームは嫌だとか言ってたから……虫の中でも特にワームが苦手なのかな？　もしかしたら、なにかしら幼少期のトラウマとかあるのかもしれない。

「い、行きましょうか！」

「え、ええ……」

余程恥ずかしいのか、こちらを向かないまま言葉を発し、さっさと歩き始めてしまうルナさんを慌てて追いかける。

そして、俺の少し前を早足で歩くルナさんは、赤くなった顔を俯かせながら、微かに聞こえる程度の小さな声で呟いた。

「……ミ、ミヤマ様」

「え？　はい？」

「……ま、守ってくれて……あ、ありがとうございました。えっと、その……ちょっと、カ、カッコ良かった……です」

「……へ？」

「な、なんでもありません！　お嬢様たちを待たせてもいけません、急ぎましょう!!」

「ちょっ、ルナさん。待っ……早っ⁉」

ルナさんが虫嫌いというのは聞いていたが、まさか幼児退行するレベルで苦手だとは思わなかった。まぁ、でも、失礼な話かもしれないが……虫に怯える弱々しいルナさんを見て、普段とは全然違う姿が、少し――可愛いと思ってしまったのは秘密だ。

＊＊＊＊＊＊＊＊＊

リリアさんたちが待つ店は、どうやらかなりの人気店らしい。俺とルナさんが到着した時には、店の前には長蛇の列があり、その真ん中あたりにリリアさんたち十人の姿があった。

「あっ、快人先輩、ルナさん。こっちですよ～」

俺とルナさんを見つけた陽菜ちゃんが大きく手を振ってくれたので、そちらに合流することにした。

「お待たせしましたお嬢様……やはり、時間がかかりそうですね」

「ええ、もう少し早く出ておくべきでした。この店の人気を侮っていましたね」

ルナさんとリリアさんがそんなふうに会話しているのを横目に、俺は陽菜ちゃんと葵ちゃんのいる場所に並ぶ。

「すごい行列だ……いったいなんの店なの？」

「幻王様のガイドブックに載っていた店で、非常に珍しい料理を出すと書いてありましたね。料理名だけでは、どんな料理かまではわかりませんけど……」

「うぅ、お腹空きました～」

俺の質問に葵ちゃんが答えてくれて、陽菜ちゃんは空腹を訴える。

う～ん。確かにこれだけ並んでいるなら期待できるけど、時間はすごくかかりそうだなぁ……。

「快人先輩！　先輩のスペシャル招待状で、なんとかならないんですか？」

「ど、どうだろう？　料金が無料になるとかは聞いたけど、順番を優先してくれるのかな？」

「陽菜ちゃんの気持ちもわかるけど、リリアさんのプラチナランクでも駄目だったんだし、快人さんのでも難しいんじゃないかしら？」

ふたりだけではなく、リリアさんたちもこの行列にはうんざりしているみたいだったが、ここまで進んでいると、今更他の店にも変更しづらい。

上位の招待状でも順番の優先はできないみたいだし、まぁ、気長に待つしかないのかな？

そんなふうに考えたタイミングで、列の先頭付近からこちらに向かって店員らしき人物が歩いてきた。

そしてその人は俺の前で立ち止まり、丁寧にお辞儀をしてから口を開く。

「……ミヤマ・カイト様でお間違いありませんか？」

「え？　はい、そうですが？」

「本日は当店にお越し下さり、まことにありがとうございます。ミヤマ様とお連れの方々には『VIP席』をご用意しておりますので、どうぞこちらへ」

「……へ？」

別に席を用意していると告げる店員に、俺たちは揃って首を傾げる。

なぜなら俺は別にこの店に来ることを事前に知らせたわけでもないし、まして予約もしていない。

なのに、なぜＶＩＰ席なんてものが、当たり前のように用意されているのだろうか？

するとその疑問を察したのか、店員は穏やかな微笑みを浮かべながら告げる。

「六王様の命により、この会場となる都市に存在する『すべての飲食店』には『ミヤマ様とお連れ様専用』のＶＩＰ席が用意されております。もちろん、当店も広い展望個室をご用意しております」

「……は？」

「……顔パスです。快人先輩、まさかの顔パスですよ」

「……さすがと言うべきか、またかと言うべきか……安定の快人さんね」

後輩ふたりからの評価に関しては、本当に一度じっくり聞いてみたいものだ。まだ、頭を抱えて遠くを見ているリリアさんの方がわかりやすい。

唖然としつつも、待たずに食べられるのはありがたいので、店員の案内に続いて移動する。

案内された席は展望個室という言葉の通り、非常に景色のいい場所だった。

さすがに全員が座れるような大テーブルは置いてないみたいだったので、何人かのグループに分かれて席に座ることになり、俺は葵ちゃん、陽菜ちゃんとともに異世界人組で固まることになった。

「……ミヤマ様、食後に料理長が是非挨拶をしたいと申しておりますが、いかがでしょうか？」

「え？　あ、はい。わかりました」

「ありがとうございます。それでは、当店自慢の料理をご用意いたします」

「お、お願いします」

店員さん、お願いだからこっち来ないで……俺はこういう場にはまったく慣れてないので、リリアさんの方へ行ってください。

「こちら、お飲み物のメニューになります」

「……」

手渡されたメニューを見てみると、いろいろな品名が並んでいるが……さっぱりわからない。

「……リ、リリアさん……まったくわからないです」

「では、私が選びましょうか?」

「お願いします」

隣のテーブルにいたリリアさんに助けを求めてメニューを手渡すと、リリアさんは慣れた様子で注文をしていく。どうやらお酒が飲めない人もしっかり把握しているらしい。

リリアさんがいてくれて、本当に良かった。

「……快人先輩、どんな料理が出てくるんでしょう?」

「う〜ん。なんか、雰囲気的にはフランス料理みたいな内装って気がするね。葵ちゃんは、どう思う?」

「高級店なのは間違いないでしょうが……テーブルのセッティングは、フレンチとは少し違うような気がします」

前々から思ってたけど、葵ちゃんって結構いいところのお嬢様なのかな？　テーブルのセッティングとかで判断できるんだ。

まだ見ぬ高級料理に期待を膨らませていると……少しして、飲み物とともに前菜が運ばれてきた。

「オードブルの『ペイルピッグのブレゼ』でございます」

「……葵ちゃん、ブレゼってなに？」

「蒸し煮のことです。ほほ肉とかが定番ですが、普通はオードブルで出てくる品じゃないです」

「……いや、というか、これ……」

「え、ええ、その……私も驚いています」

運ばれてきた料理について葵ちゃんに小声で聞いてみると、葵ちゃんはやや困惑した表情で教えてくれた。

いや、葵ちゃんがなぜ困惑しているのかは俺もよくわかる。というか、たぶん俺たち三人の気持ちはひとつだろう。

「……葵ちゃん」

「……ええ」

「……陽菜ちゃん」

「……はい、私にもこの料理の名前はわかります」

「……じゃあ、せ～の」

「「「豚足……」」」

そう、運ばれてきた料理は……紛うことなき『豚足』であった。

高級フレンチかと思ったら、ちょっと変わった中華料理だった。一品目の豚足は、なるほどかなり美味しかったが……豚足をナイフとフォークで食べるのは、少し違和感がある気がする。

「なんとなく、フルコースっぽいね」

中華料理風のフルコースとすると、次はサラダかな？

「そうですね。アミューズはなく、オードブルからだったので、次はサラダでしょうかね？」

「……葵先輩、アミューズってなんですか？」

「そうね。居酒屋で言うところの『お通し』みたいなものかしらね」

「……居酒屋で言われてもわかりません」

慣れた様子の葵ちゃんに比べ、俺と陽菜ちゃんはかなり知識不足が目立つ。というか、このテーブルに葵ちゃんがいてくれてよかったよ。

丁度そのタイミングで色鮮やかなサラダが運ばれてきて、それを口に運びながら話を続けていく。

「陽菜ちゃん、お通しっていうのは、一口で食べられるような料理で、注文前に出てくるんだよ。店によって有料だったり無料だったり差はあるけどね」

「へぇ～。さすが、快人先輩は大人ですね！」

「いや、俺もそんなに詳しいわけじゃないけど……葵ちゃん、サラダの後はやっぱりスープなのかな？」

「ええ、普通のフレンチであればそうですね。パンも出てくるかもしれません。その後は、プラがポワソンとヴィヤンドのどちらかだけか、両方あるかによって変わりますね。もし片方だけなら、先にグラニテが出てくると思います」

「……ごめん、まったくわからない」

いまの葵ちゃんの台詞だけで、知らない単語が四つぐらい出てきた。う～む。フルコースというのは、なんともハードルが高い。

「プラというのはメイン料理のことです。大抵はポワソン……魚料理と、ヴィヤンド……肉料理に分類されていますね。ただ、これは店によってかなり違います。メインが生の料理の場合は、アントレとなっている場合もありますね。そして、グラニテというのは口直しの氷菓です。プラが何品あるかによって出るタイミングが違いますね」

「な、なるほど……」

「ただ、この店は中華風なので、ひょっとしたらパンの代わりに点心……シュウマイとかですね。それが出てくる可能性もあります。そうなるとグラニテはないかもしれません」

「あ、葵ちゃんすごいな……フルコースとかよく食べるの？」

丁寧に説明してくれる葵ちゃんに、続けて質問をしてみると……答えは別の場所から返ってきた。

「葵先輩は、楠グループのご令嬢ですからね～」

「ちょっと、陽菜ちゃん……」

「楠グループって……よくテレビとかの協賛に出てる、あの？」

「……少し大きいだけの会社ですよ」

いやいや、楠グループっていえば、俺でも名前を知っている。化粧品や衣類、はてはＩＴ関係にまで幅広く手を伸ばす、日本でも有数の巨大企業のはずだ。

まさか、葵ちゃんがそこの令嬢とは……さすがに名字が一致しているだけじゃ、その発想には至らなかった。

「陽菜ちゃんだって『代議士の孫』じゃない」

「そうなの⁉」

「い、いや～あ、あはは……」

葵ちゃんは大企業のご令嬢。陽菜ちゃんは政治家の孫……ハイソサエティだ。

「へぇ、ふたりともすごいね。うちは普通のサラリーマンだったから、ちょっとびっくりした」

「……そんなこと言ったら、快人さんの方がすごいじゃないですか」

「へ？」

「だって、快人さんの恋人は、世界一の大企業の会長に、王族……世界は違いますけど、うちなんかとはレベルが違いますよ」

「むむっ、言われてみれば……たしかに」

クロは世界一のお金持ちだし、アイシスさんも魔界に広大な土地を持つ大富豪、リリアさんは王妹で、ジークさんだって元宮廷魔導師の娘、そしてアリスは世界最大の諜報組織のトップ。うん、俺の恋人たちも、十分すぎるほどハイソサエティだった。

「ていうか、快人先輩の反応……なんかアッサリですね？　引いたりしませんか？」

「う、う～ん。引いたりとかはないかな……葵ちゃんの言う通り、まわりがすごすぎて麻痺してるのかも……それに、まぁ、家族がどうであれ、ふたりは俺の可愛い後輩だってことには変わりないしね」

「「……」」

俺の言葉を聞いたふたりは、少し興味深そうに俺を見つめた後、フッと笑みを零した。

「……なんか、快人先輩のそういうとこ……やっぱりいいですね」

「そうね」

高級中華風フレンチは、見た目と名前のギャップこそすごいものの、味はさすが人気店といった感じで非常に美味しかった。

メインのペキンダック風の肉料理は、これがまた鳥の旨味が極限まで凝縮されて、まるで鳥を丸ごと一羽食べたかのような満足感だった。

うん、あれ……鶏肉だよね？　でかいワームの肉とか、カエルの肉とかじゃないよね？　……うん、考えないようにしよう。

とまぁ、そんな感じで楽しく食事を続けていたのだが……途中からふと、あることに気付いた。

「……」

隣のテーブルで食事をしているリリアさんから、時折視線を感じる。しかし、声をかけてくるわけではない。

そして感応魔法でリリアさんから感じる気持ちは……心配？　どういうことだろうか？

「……あの、リリアさん？」

「……カイトさん、少しだけ時間をいただいても大丈夫ですか？」

意を決してリリアさんに声をかけてみると、リリアさんは少し迷うような表情を浮かべてから言葉を返してきた。

「え？　えぇ……」

「では、少しだけ席を外しましょう。ルナ、私とカイトさんの料理を遅らせるように伝えておいてください」

「畏まりました」

どうやらリリアさんは俺に話があるみたいで、ルナさんに少し席を離れることを告げる。そして、この展望席から扉をひとつまたいだ場所にあるバルコニーに向かって歩き始めた。

リリアさんの意図がわからないまま、俺はリリアさんの後を追ってバルコニーに移動する。

さすがに高級店というだけあって、バルコニーもかなりの広さだった。

六王祭の会場にある店としては、意外なほどに静かなそのバルコニーを、俺とリリアさんは無言で歩いていく。

そして、ある程度食事の席から離れたところで、リリアさんは立ち止まってこちらを振り返った。

夜の涼しげな風が吹き、リリアさんは揺れる髪を片手で押さえながら口を開いた。

「……カイトさん」

「はい？」

「……私の勘違いであればいいのですが、もしかして……なにか『悩んでいますか？』」

「……え？」

リリアさんの告げた言葉には、率直に言って……驚いた。

昼間にあった、母さんにそっくりな女性との遭遇。それは、アイシスさんのお陰である程度割り切ることはできていたし、笑みも浮かべられていた。

しかし、それでも完全に忘れることはできず、時折思い出していた。リリアさんが言っているのは、そのことなんだと思う。

しかし、あの件に関しては……俺自身そこまで深刻に考えてはいなかったので、まさか気付かれるとは思っていなかった。

「その、私もハッキリと根拠があるわけではないのですが……カイトさんの笑顔に、少しだけ影がある気がしたんです」

「……」

「作り笑いというわけではありません。ちゃんと心から笑みを浮かべていたと思います。でも、その、なんとなくいつもと少し違うような気がして……」

驚いた……そして、なにより嬉しかった。

リリアさんは本当に俺のことをよく見てくれているからこそ、些細な変化に気付いてくれた。そして、先程ずっと感じていた心配する感情……ただただ、ありがたい。

「……それほど大層な話ではないんですが……すぐに終わるので、少しだけ聞いてくれますか？」

「ええ、私でよければ」

だから、俺はリリアさんに正直に話すことにした。

今日の昼間に死んだ母さんとそっくりの女性に会ったこと、深刻に考えたりしているわけではないが、それでもやはり気になるということ……。

それらをすべて伝え終えると、リリアさんは一度納得した様子で頷いた。

「……なるほど、無理もないでしょうね。私もまだ若輩とはいえ、死による別れを一度も経験したことがないわけではありません。私の母上は健在ですが、義理の母……父上の側室は、何人か亡くなっています」

「……」

「親しい人物の生前にそっくりな相手と出会えば、動揺してしまうのも当然です」

そう言いながら、リリアさんは俺の方へ近付いてきて、そっと俺の胸にもたれかかるように身を寄せてきた。

「……でも、よかったです。カイトさんが、あまり深く悩んでいなくて……安心しました」

「リリアさん……」

「すみません。貴方は、とても強い方ですから……きっと大丈夫なんだとはわかっています。けど、少しぐらい心配させてください。私だって、貴方の恋人なんですから……」

「はい、いや、というか……心配して貰えて、すごく嬉しいです」

身を寄せてくるリリアさんを軽く抱きしめ、その温もりを感じながら感謝の気持ちを伝える。

するとリリアさんも俺の背中に手を回してきて、そのまま少しの間無言で抱き合っていると、ふとリリアさんが顔を上げてはにかむように微笑んだ。

「……カイトさん」

「はい？」

「……キス……しませんか？」

「……え？」

まさか、恥ずかしがり屋のリリアさんからそんなことを言ってくるとは思わなかったので、つい間抜けな声を出してしまった。

「そういえば、まだしていなかったと思いまして……カイトさんは、嫌ですか？」

「い、いえ、そんなことは……で、でも、リリアさんは大丈——ッ!?」

リリアさんは大丈夫なんですか？　と、そう尋ねようとしたが……その言葉は、目を閉じて顔を少し上げたリリアさんを見て止まる。

ここで余計なことを言ったり、引いたりするのはリリアさんに失礼だ。

俺は、リリアさんの肩を両手で掴み、ゆっくりと顔を近付ける。そして……。

「んっ……」

驚くほど柔らかいリリアさんの唇に俺の唇が重なり、リリアさんの口から小さな声が漏れた。

リリアさんが俺に向けてくれる深い好意を感じながら、少しの間その温もりを味わってから唇を離した。

「……え、えと、リリアさん。ありがとうございました」

「……」

アイシスさんとはまた違った形の、恥ずかしがり屋のリリアさんが精一杯の勇気を振り絞っての行動。それが嬉しくて、つい自然とお礼の言葉が口を突いて出た。

しかし、リリアさんから反応はない。

「……あれ？」

「……」

「リ、リリアさん？」

「…………………きゅ～」

「リリアさん⁉　ちょっ、ちょっと、しっかりしてください⁉」

突如崩れ落ちそうになるリリアさんを慌てて抱きとめたが……リリアさんは目を回して気絶していた。

リリアさんとの初めてのキス。それは、彼女が俺のために振り絞ってくれた、精一杯の勇気の賜物だった。本当に嬉しくて、幸せだったけど……やっぱりというか、なんというか、恥ずかしくてたまらなかったんだろう。リリアさんは――相当無理をしていたみたいだ。

＊＊＊＊＊＊＊＊＊＊

美味しい食事の時間はあっという間に終わり、最後の一品を食べ終えたタイミングでルナさんが口を開いた。

「食後に料理長が挨拶に来るそうですが、ミヤマ様……対応をよろしくお願いします」

「え？　い、いや、できれば助けてくれると……」

「残念ながら、最もそういったことに慣れているであろうお嬢様が……『このザマ』ですし……」

「……きゅ～」

そう、実はリリアさんはまだ気絶から返ってきていなかった。いや、今回は本当に過去最長ではないだろうか？

なのでリリアさんは食事を途中までしか食べられていないのだが、そこはルナさんが相談してマジックボックスでの持ち帰りを可能にしてもらったらしい。

「まぁ、快人先輩のことはさておき、こういう時マジックボックスって便利ですよね」

「快人さんのことはどうでもいいですが、こんな高級店でよく持ち帰りなんて許可してくれましたね？」

「そのあたりは、ミヤマ様の名前を出せば一発でした」

「……こら、俺の知らないところでなにやってるんですか貴女……」

後輩ふたりの俺をまったく心配していない発言……こ、これは信頼の証かな？　信頼だよね？

「ああ、安心してください。その際にしっかり、ミヤマ様が料理の感想を代表して伝えるということに『しておきましたので』……」

「……」

ルナさん、俺にいったいなんの恨みがあるんだ？　すごい人たちと知り合いとはいっても、俺自体はごくごく普通の庶民なんだけど……。

というか、俺、中華料理で一番好きなのチャーハンなんだけど……。

と、そんなことを考えていると、思わぬ場所からルナさんへの攻撃が飛んできた。

「あらあら、ルーちゃんはミヤマさんのことが『大好き』なんですね～」

「お、お母さん⁉　いきなりなにを言い出すんですか⁉　というか、いまの発言のどこに……」

「え？　だって、ルーちゃんは昔から『好きな人にはつい悪戯しちゃう』でしょ？　構ってほしいんですよね？」

「うわぁぁぁ⁉　わ、わけのわからないこと言わないでください‼　違います！　絶対に違いますからね‼」

ルナさんにとって最大の弱点というか、ある意味最大の天敵でもある母親……ノアさんの発言により、ルナさんは大慌てで首を振って否定する。

まぁ、ルナさんの本心についてはいろいろ興味深いが……その前にひとつ、いつの間にノアさん、俺の隣に席持って移動してきたの⁉

「……ノアさん、なんで俺の隣に？」

「だめ、ですか？」

「い、いえ⁉」

やめて、やめて……その大人の妖艶な色気で上目遣いやめて……。

ワインを飲んだ影響か微かに染まっている頬に、大胆に肩口の開いたドレス……小柄な体形とはいえ、さすがは未亡人と言うべきか、クラクラしそうな色気だ。

というか、待って⁉　なんで俺の腕に手を回してもたれかかってきてるの⁉

「お、お母さん⁉　なにしてるんですか‼」

「少し、お酒に酔ってしまいまして……」

「なんで飲んだんですか⁉　お母さん、お酒にもの凄く弱いじゃないですか‼」

「あぁ、もしかしたら……お酒ではなくミヤマさんに酔ってしまったのかもしれません」

「ちょっと……話聞いてください。お母さん」

そう言って俺の腕を緩く抱きしめながら頬を腕にくっつけてくるノアさん。やめて、俺……というか、世の中の健全な男性は、そういうのに弱いから……。

「ミヤマさん、今宵はとても楽しかったですね」

「え？　え、ええ、そ、そうですね」

「ですが、楽しければ楽しいほど、それが終わると寂しさを感じるものです。今夜はきっと、寂しさに震える夜になってしまうでしょうね」

「そ、そうかもしれませんね……」

「はぁ、そんな夜に、貴方のように素敵な男性に温めてもらえると……きっと、女としてはこれ以上ないほどの幸せなのでしょうね」

「なぁっ⁉」

どうもノアさんは完全に酔っているらしく、トロンとした目で俺を見つめながら軽く息を吐く。吐息ひとつとっても滅茶苦茶色っぽい、こ、これが、大人の女性……。

というか、発言がいろいろ危ないいんだけど⁉　その腕を撫でるような手の動き、マジでやめてください⁉

俺がその色気にドキドキしていると、ノアさんはまるでそれがわかっているかのように俺の耳に口を近付け、熱のこもった口調で告げる。

「……どうですか？　もし、よろしければ……この後『ふたりきりで』飲み直しませんか？」

「ッ⁉」

「お母さん‼　駄目です！　絶対に許しませんからね‼　ほら、ミヤマ様から離れてください！」

耳元で語られゾクゾクと、未体験の感覚に晒されていると、そこでルナさんがノアさんを引き離そうと近付いてきた。

「ルーちゃん？　ああ、そうですか……ルーちゃんも一緒がいいのね？」

「な、なな、なにを言ってるんですか、この酔っぱらい‼　ほら、もう宿に戻りますよ‼」

「恥ずかしがらなくても大丈夫よ？　ルーちゃんは初めてでしょうから、お母さんがちゃんと教えてあげますからね」

「あぁ、もうっ⁉」

俺の腕に抱きついて離れようとしないノアさんに、それを引き剥がすため、俺とノアさんの間に体をねじ込もうとしているルナさん。

さっきから右腕に頻繁に幸せな感触が……ちょっと、誰か助けて……。

「さて、おふたりは快人さんに任せて、私たちはおしゃべりしながらリリアさんが目覚めるのを待ちましょう」

「賛成です」

「……いやはや、ミヤマくんはすごいね」

「レイもミヤマくんを見習って、もうひとりかふたりぐらい奥さんを見つけたら？」

「ううむ、まぁ、それはおいおいだね」

葵ちゃん、陽菜ちゃん、レイさんに、フィアさん……い、いや、まだ、ジークさんやアニマが……。

「おや？　そういえばジークは？」

「ああ、リリアちゃんの代わりに会計に行くって……アニマちゃんも、なにか用事があるからってイータちゃんと、シータちゃんを連れて席を外したわ」

味方は……いなかった。

酔うと質の悪い人というのはどこにでもいるもので、ノアさんもある意味で非常に厄介な酔い方をしていた。大人の色気を全開に迫ってくる姿は、さすが未亡人の一言……お願いだから、この状況を打破できる救援を……というか——早く目覚めてリリアさん！

ノアさんはハーフヴァンパイアだからか、非常に力が強い。そのため、ルナさんはなかなかノアさんを俺から遠ざけられずにいた。

しかし、そこでようやくリリアさんが目覚め……軽々とノアさんを引き剥がしてくれた。さすがと思うべきか、ハーフヴァンパイアすら圧倒するパワーに驚愕するべきか……。

俺から引き剥がされたノアさんは、しばらくぼんやりしたあとで眠ってしまった。

そして俺は、料理長の挨拶を……リリアさんのフォロー頼りでなんとか乗り切った。いやはや、本当にリリアさんがいてくれて助かった。

「……そういえば、お嬢様？　今回はなぜ気絶していたんですか？」

「えっ⁉　あ、そ、それは……」

リリアさんたちの宿は店から中央塔に向かう途中にあるので、みんなで宿のほうにゆっくり歩く。眠ってしまったノアさんを背負いながらルナさんが尋ねると、リリアさんはわかりやすいほど慌てていた。

「い、いえ、ちょっと……夜風に当たりすぎて……」

「いや、お嬢様はそんなヤワな体はしてないでしょう……いえ、まぁ、いいんですけど……」

リリアさんの誤魔化しに怪訝そうな表情を浮かべつつも、ノアさんを止めてもらった借りがあるからかルナさんはそれ以上追及することはなかった。

それにより、リリアさんも十分落ち着きを……。

「あっ、リリアちゃん、こんばんは」

「ク、クク、クロムエイナ様⁉　こ、ここ、こんばんは」

取り戻す間もなく、クロの登場によりまたしても慌て始めた。

レイさんやフィアさんも慌てて片膝をついて頭を下げようとしたが、クロがそれを止めた。

「アオイちゃんにヒナちゃんも、久しぶりだね。お祭りは楽しんでくれてるかな？」

「はい、とても楽しませてもらっています」

「今日なんてついつい買い物しすぎちゃいましたよ」

「あはは、そっか、それなら良かった」

屋敷で一度話している葵ちゃんと陽菜ちゃんは、クロに声をかけられても笑顔で対応していた。

うん、リリアさんが緊張しすぎな気がするけど、まぁ、らしいと言えばらしいか……。

ふたりの言葉を聞いて、クロは笑顔で頷いた後、どこからともなく布袋を取り出してふたりに渡す。

「じゃあ、はい。お小遣いあげるから、明日もいっぱい楽しんできてね」

「……え？」

「クロム様？　も、もらっていいんですか？」

「もちろん。ふたりにとってはせっかくの異世界なんだから、思いっきり楽しんでよ」

「「あ、ありがとうございます！」」

ニコニコと笑顔で告げるクロに、ふたりは深く頭を下げる。

そしてクロはリリアさんの方に向き直り、少し申し訳なさそうな表情で言葉を発した。

「それで、リリアちゃん。悪いんだけど、カイトくんに用事があるから連れていっていいかな？」

「え？　あ、はい。それは、もちろん大丈夫ですよ。食事もつい先程終わったところですし……」

「悪いね。あとで、リリアちゃんたちの宿に美味しいお菓子を届けとくから、みんなで食べてね」

「お気遣いありがとうございます」

クロが美味しいお菓子というと……ベビーカステラ以外が届く気がしない。

「じゃあ、カイトくん。いこっか？」

「え？　ああ……それじゃ、皆さん、おやすみなさい」

用事というのに心当たりはなかったが、クロに促されて、俺はみんなにおやすみと伝えてからその場を後にした。

＊＊＊＊＊＊＊＊＊

クロの後を追うように歩いていると、人影がまったく見えない広場に辿り着いた。そしてクロは足を止め、俺の方に振り返って口を開く。

「カイトくん、急にごめんね」

「いや、それは別にいいんだけど……用事って？」

「うん、カイトくんが昼間に遭遇した母親とそっくりの相手についてだね」

「え？」

「アイシスから話は聞いてて、早めに相談に乗ろうと思ってたんだけど……ボクはコレからちょっと、打ち合わせでマグナウェルのところに行くんだ。だから、その前に少しだけ話しておこうと思ってね」

たしかに俺は母さんにそっくりな相手について、アイシスさんのアドバイスもあってクロに相談しようと思っていた。

どうやらクロは俺のために早い段階で話せるようにと、こうして訪ねてきてくれたみたいだ。

「まず、結論から言うね。アイシスから話を聞いてシロに聞いてみたけど……シロはカイトくんの母親を生き返らせてはないし、同じ姿の存在を創造してもいないらしい」

「……」

「シロは嘘をつく時は、嘘だって口に出すから、間違いない。念のために地球神にも確認してみたけど、そっちも違うって言ってた」

「じゃあ、やっぱり……」

「うん。他人の空似だね」

「……そっか」

クロが言うのなら間違いないんだろう。いや、俺だってその可能性が高いとは思っていた。けど、やっぱり聞いてみると、落胆する気持ちは隠せない。

「……カイトくん、大丈夫？」

「うん。最初は戸惑いも大きかったけど、いまはすっかり大丈夫。ちゃんと受け止められたよ」

「……そっか、じゃあボクは打ち合わせに行ってくるね。また後でゆっくり話そうね」

「ああ、ありがとう」

深くは聞かずに優しく微笑んでくれたクロに感謝の気持ちを伝え、去っていく姿を見送った。

そしてクロの姿が完全に見えなくなってから、俺は中央塔に帰るために歩きだそうとしたが……

その足は即座に止まった。

「やっ、昼間ぶり～。こんなところで会うなんてすごい偶然だね？」

「ッ!?」

聞こえてきた声に心臓が飛び出るかと思うほど驚愕した。

「……母……さん……？」

クロと別れたあとの公園、夜の静けさの中で、俺は昼間に出会った母さんにそっくりな女性と再会した。

背中くらいまでの薄い茶髪に黒い瞳。動きやすそうなジーンズに似たズボン、黒色の上着に白のシャツ……活発な少女を思わせる姿は、俺の知る母さんそのものだった。

だからだろうか、つい反射的に「母さん」と呼んでしまった。

しかし……。

「……いきなり失敬だね。君みたいな大きな子供がいるような歳に見えるのかな？」

「あっ、い、いえ!?　すみません」

「あはは、別に怒ってるわけじゃないけどね」

苦笑を浮かべながら話す表情が、仕草が、記憶にある母さんと何度も重なる。

こんなに似てるのに……別人……なのか……。

「……あの」

「うん？」

「昼間は、ありがとうございました。お金をお返しします」

「気にしなくていいよ。偶々見かけただけだし、たった二Rだしね」

「いえ、そういうわけには……」

「……こらこら、人の厚意はちゃんと受け取りなさい」

「え？　あ、はい！」

なんだろう、どうにも調子が狂うというか、この人の言葉には逆らえる気がしない。やっぱりそれは、母さんにそっくりだからだろう。

まるで母さんに言われているみたいで……。

「あっ、そう言えば自己紹介がまだだったね。私の名前は『ルーチェ』、よろしくね」

「……ルーチェさん……ですか？」

「うん。ここで会ったのもなにかの縁だしさ、よければ君の名前も知りたいな？」

「……宮間快人です」

顔も声もそっくりでも、やはり名前は違うみたいだ。わかってはいるはずなのに、どうしても落胆の気持ちが強く出てしまう。

やっぱり俺は、心のどこかで期待していたのかもしれない……この人が、母さんなんじゃないかって……。

「ミヤマカイト？　珍しい名前だね……あっ、もしかして異世界から来たのかな？」

「え、ええ、その通りです」

「そっか～。私、異世界の人とこうして話すのは初めてだよ。なんか得した気分だね……って、あれ？　顔色、悪くない？」

「……あっ、えっと……」

いままでさんざん言われたことだけど、俺は表情に出るタイプらしい。モヤモヤとした気持ちが顔に現れていたようで、ルーチェさんが心配そうに尋ねてくる。

まずいな、なんとか誤魔化して……。

「わかった！　お腹空いてるんでしょ？」

「……は？」

「うんうん、やっぱりお腹が空くと元気でないからね！」

「い、いや、あの……別にお腹が空いてるわけじゃ……」

「そんな君にはコレ！　偶然持ってた私特製のサンドイッチを進呈しちゃおう!!」

「……」

全然話聞いてくれないいんだけどこの人!?　お腹空いてるどころか、さっき食べてきたばっかりだよ？

……あ～そういえば、母さんもわりと人の話を聞かないタイプだった。顔が似てると、性格も似るものなのかな？

というかこの差し出されたサンドイッチ……どうしよう？　う、う～ん、感応魔法でも善意しか感じないし、断るのも難しそうだ。

「……あ、ありがとうございます」

「どういたしまして、ささ、ガブッて食べちゃって！」

「え、あ、はい……」

ルーチェさんの勢いに押されるまま、俺は手に持ったサンドイッチを食べる。

そして、その瞬間俺は、この人が母さんじゃないと確信した。

「……美味しいです」

「そう？　それはよかった」

違う、この料理は……母さんの料理じゃない。

俺の母さんは料理がすごく下手だった。野菜を切る大きさはバラバラだし、調味料も入れすぎたり少なすぎたり……サンドイッチの形だって、こんな綺麗には作れなかった。

どうしようもなく不器用で……でも、すごく明るくて前向きで……誰よりも優しい母さんだった。

ルーチェさんはそんな母さんにそっくりだったけど……でも、違うんだ。この人は、母さんじゃない。似ているだけの、別人……。

「あ、あれ？　なんか、さっきより顔色悪くなってない？　もしかして体調が悪かったりする？」

「い、いえ、大丈夫です」

「う～ん。無理はよくないよ……早く帰って休んだ方がいいよ」

「……そう、ですね」

別人の可能性が高いとはわかっていたはずなのに、いざそれを確信すると言いようのない気持ちが胸の奥からあふれてきた。

「すみません、せっかく声をかけていただいたのに……」

「いいって、気にしないでよ。また機会があったらゆっくり話そうよ」

「はい……あっ、サンドイッチありがとうございました。本当に美味しかったです」

「どういたしまして～」

心の整理を付けきれないこともあり、俺はルーチェさんの勧めに従って中央塔に戻ることにした。

こちらに向かって大きく手を振るルーチェさんに頭を下げてから、俺は広場を背に歩き始めた。

落胆する気持ちとは裏腹に、早い段階で別人と知ることができて安堵している自分もいる。うん、大丈夫。ショックは受けたけど、アイシスさんやリリアさんのお陰でそこまでじゃない。これならちゃんと受け止められる……ルーチェさんが、母さんとは——別人であるという事実を。

＊＊＊＊＊＊＊＊＊

「……ごめんね……快人。いまはまだ、なにも言えない私を許して……」

去っていく快人を見えなくなるまで見送った後、ルーチェは……いや『宮間明里《みやまあかり》』は、小さく呟いてから、真っ暗な路地へと歩いていく。

囁くようなその声は夜風にかき消され……誰にも届くことはなかった。

＊＊＊＊＊＊＊＊＊

薄暗い道を静かに歩く。心なしか普段より足どりが重い気がした。

それはルーチェさんが母さんと別人だったから……ではない。いや、それも少しはあるが、俺の足を重くしている最大の原因は別のところだった。

ルーチェさんがあまりに母さんに似ていたから、母さんのことを思い出した。もちろんいままでだって忘れたことなんて一日もないけど、ここまで強く思い出したのは久しぶりだった。

母さんと父さんが死んで親戚に引き取られたばかりの頃……両親がいなくなってしまったことを認められず、玄関でふたりの帰りを待ち続けていた時の鬱屈とした気持ちを……。

呆れた話ではあるが、俺は十年近くたったいまも両親の死を完全には割り切れていないらしい。

それでもこの世界に来る前に比べれば、ずっとマシだ。俺はいますごく恵まれているから……だからもう少し経てば、いつもの調子に戻れ……。

「……仕方ないですね。ここは、慈愛の天使と呼ばれたアリスちゃんにたっぷり甘えてくれていいですよ！」

「……え～」

「ちょっと⁉　なんすかその微妙な顔は⁉　アイシスさんやリリア公爵との扱いの差っ‼」

「だってアリスだし……」

「ああ、なるほど、確かにアリスならぞんざいな扱いでも仕方な――くねぇっす⁉　カイトさんは、もっと私を甘やかしてくれていいと思うんすけど⁉」

「……ぷっ……あはは」

ほら、やっぱり俺は恵まれている。

鬱屈としていた気持ちをぶち壊し、笑みを浮かべさせてくれる相手が、こんなにも近くにいる。

「……ちょっとは、元気、でました？」

「……ありがとう、アリス」

「でしょう、でしょう。ささ、もっと褒めてください。なんならご褒美に激ウマドラゴン肉の焼肉を奢ってくれてもいいんすよ？」

「……」

効果音が聞こえてきそうなほどの渾身のドヤ顔、さすがのウザさである。

「あれ～？　さっきまで笑顔だったのに、救いようのない馬鹿を見る目になりましたよ？」

「救いようのない馬鹿がすぐ近くにいるからな」

「まったくしょうがない奴もいたもんすね！」

「お前だ、お前⁉」

他愛のない会話、くだらないやり取り……それがどうしようもなく嬉しくて、自然と心が温かくなっていくのを感じる。

そんな俺を見て、アリスは微かに微笑んだあと、なにも言わずに俺の手を握ってきた。

指を絡め、いわゆる恋人繋ぎの状態……アリスの手の温もりが心地良くて、また自然に笑みがこぼれた。

拝啓、母さん、父さん——俺はきっとまだふたりの死にちゃんと心の整理を付けられてはいないと思う。けど、心配しなくても大丈夫だよ。いまは傍にいてくれる大切な人たちが、ちゃんといるから……ほら、いつの間にか——足の重さも消えていた。

＊＊＊＊＊＊＊＊＊

快人と手を繋いで歩きながら、アリスは心の中……心具に宿るイリスへ話しかけていた。

（……どう思います？）

（どうにもキナ臭いな、あの女の発言はいくつか腑に落ちない部分があった。まるで触れられたくない話題があるように思えたな。あと貴様の敬語はやはりまだ慣れんな……）

（いまはこっちが素なんですから、早く慣れてください。まぁ、ともかく私も同感です……六王祭の参加者に関してはすべて顔と名前は記憶していますけど、あの方は見覚えないです）

（ふむ……）

（まぁ、参加者の同行者って線がある以上、簡単には決めつけられませんけどね）

そう、アリスは先程快人が遭遇したルーチェをかなり警戒していた。すくなくともあの場のやり取りを、疑ってかかる程度には……。

（……ちっ）

（どうした？）

（『分体があの女を見失いました』。やっぱり怪しいですね。分体とはいえ、私の追跡を撒ける相手なんてそう多くはないです。そして、そのレベルの相手を私が見たことないなんてありえない）

アリスは膨大な情報を握る存在であり、特に一定以上の力を持つ者に関しては種族問わず記憶していた。

しかし、ルーチェに関してはまったく見覚えがない。無論アリスとて、世界中すべての生物を記憶しているわけではないが……幻王である彼女の分体を撒けるほどの存在を、一切知らないというのは本来ありえないことだった。

（……どう見る？）

（たぶん、シャローヴァナル様か地球神……どちらかは関わっていますね。これはちょっと、本腰を入れて探ってみる必要があるかもしれません）

（そのこと、カイトには？）

（いまは言えません。不確かな情報を伝えても、カイトさんを傷つけるだけですからね）

（それは、つまり『秘密裏に処理する場合もある』ということか？）

（……アレがもし本当にカイトさんの母親だったとしても……カイトさんに害が及ぶようなら、私は一切容赦しません。どんな手を使っても消します）

アリスはルーチェが本当に快人の母親である可能性に気付いていた。というより、現在の状況から考えてそれなりに確率は高いと踏んでいる。

しかし、だとすれば、快人に正体を明かさない理由がわからなかった。アリスにとって重要なのは快人に害が及ぶか否かであり、快人の母親の命に関してはまったく興味がない。

アリスは大きななにかが動きだしているかのような、そんな不安を胸に抱きつつ……ギュッと、快人の手を握った。

決して、その温もりを消させはしないと心に誓いながら……。

エピローグ

六王祭の会場である都市から姿を消したルーチェ……いや、明里は一瞬のうちに都市から遥かに離れた場所へと移動していた。

しかし、それは彼女自身の力ではない。そう、アリスとイリスの予測通り、彼女を都市から転移させた存在がいた。

「……もう、いいのですか？　まだ少しぐらい話す時間はありましたが？」

「ええ、アレ以上話すと馬鹿な私はきっと失敗しちゃいますから……あの子と話す機会を与えてくれて、ありがとうございます……『シャローヴァナル様』」

「感謝は不要です。私は私の都合で貴女を利用しています」

抑揚のない声が響き、周囲の景色が空中庭園……神域へと切り替わる。当然のことながら、その場にいる存在は神界の頂点、創造神シャローヴァナルに他ならない。

そう、明里という存在を快人に接触させた黒幕は、シャローヴァナルだったのだ。

彼女はクロムエイナの質問に対してこう答えた。快人の母親を生き返らせてはいない、快人の母親と同じ存在を創造していないと……。

その言葉に偽りはない。なぜなら、『宮間明里は生き返ってなどいない』から……ここにいる彼女は魂だけの存在であり、いわばシャローヴァナルの力によって物に触れられるようになったゴーストだった。

『宮間明里の魂を譲り受けること』、それはシャローヴァナルがかねてよりエデンに対して交渉を行っていた内容である。

シャローヴァナルは『ある目的』のために、どうしても明里の魂が必要だった。そのため、かなり早い段階からエデンに対して交渉を行っていた。

エデンはなかなかそれを了承してくれず、交渉は難航していた。しかし、エデンがこちらの世界に来訪し、快人に対して強い関心を抱いたことで、エデンにもシャローヴァナルの目的に手を貸す利点が生まれた。

故に交渉は成立し、明里の魂はこうしてこちらの世界にやってきていた。

シャローヴァナルは目的のために明里の魂を手に入れたわけだが、内容が内容なので彼女にも選択の自由を与えた。己の目的に協力するか否か、それを選択させるため、正体を明かさないことを条件に快人との接触を許していた。

「それで、どうします？　まだ思考する時間は足りませんか？」

「……いえ、十分です。貴女様が提示した条件を……飲みます」

「構わないのですね？　最悪の場合、貴女が『快人さんの心を殺す』結果にもなりえますよ？」

「……」

明里に対してシャローヴァナルが要求した内容……いや、割り振った配役は……快人への障害だった。

それは言ってみれば自分の息子と敵対するような内容であり、機会を与えたとはいえ、ここまでアッサリと了承するのは、シャローヴァナルにとっても意外だった。

だからこそシャローヴァナルは問いかける。本当にそれでいいのかと……。

その質問に対し、明里は真っ直ぐにシャローヴァナルを見つめながら言葉を返す。

「……私じゃ無理です。こうして貴女様を前にしているだけで震えが止まらない。貴女様に勝つことなんて、抗うことなんて不可能だと確信しています」

「では、貴女は恐怖によって私に従うのですか？」

「……いいえ、違います。私じゃ無理です……でも、あの子は……『快人は貴女様に勝ちます』……」

「私が貴女に説明した試練の内容は、かなり厳しいものだと思いますが？」

「はい、本当に……誰も乗り越えることなんてできないんじゃないかとさえ思いますよ」

「発言が矛盾しているようですが？」

発言を聞いて首を傾げるシャローヴァナルを見ながら、明里は震える己の体を叱咤しながら、強い光の宿った瞳を向ける。

「私は矮小な人間です。貴女様が怖くて仕方がない、誰かが貴女様に勝つ未来なんて想像すらできない。でも、快人はきっと私には想像もできないソレを、私が思い描けない未来を作り出してくれると信じています。私はちっぽけな存在ですが……自分の息子を全力で信じてあげられないほど、弱いつもりはありません！」

「……」

「方法は想像できなくても、私は快人がシャローヴァナル様に勝つと信じています。だから、私は『この魂を賭けのテーブルに置きます』」

自分では想像もできない未来、誰もシャローヴァナルには勝てないという認識……明里はソレすら、快人が覆してくれると信じていた。

快人を信じて、己の魂を賭けることこそ……彼女の戦いだった。

そんな明里を見て、シャローヴァナルはほんの僅か、注意して見なければわからない程度に口角を上げる。

「……なるほど、確かに貴女は快人さんの母親のようですね。なかなか面白い言葉でした」

「……」

「貴女の発言は的を射ている。たしかに快人さんなら私の試練を乗り越え、私に勝利する可能性があるでしょう……現時点では『二割』ほどですがね」

「……それは、もの凄く高評価って受け取ってもいいんでしょうか？」

「ええ、私は快人さんをとても高く評価している。だからこそ、知りたいのです。あの人は無二の存在……逃せば二度と手に入らないのか、それとも代用がきくのか……私をここまで思い悩ませるとは、貴女の息子は罪作りな男性ですね」

そう告げると同時にシャローヴァナルは軽く指を振る。すると、明里の体が光に包まれ、小さな球体……魂へと変わった。

そしてその魂を手に持ちながら、神域からの景色を眺めて呟いた。

「……舞台は整いつつありますね。しかし、我ながら酷い試練を考えたものです……クロは本気で怒るでしょう。神界が滅びないように下準備でもしておきますか……」

語る内容は不穏なものではあった。しかし、呟くシャローヴァナルの表情は……いつになく楽しげで、どこか未来を期待するようなものだった。

Special
キャラクターデザイン大公開

『勇者召喚に巻き込まれたけど、異世界は平和でした 14』に
登場する主な新キャラクターを、
おちゃう氏によるデザイン画とともにご紹介！

Illustration：おちゃう

ツヴァイ

魔導人形。クロムエイナ陣営のひとりで、クロムエイナの持つ土地の管理などを担当している。極めて真面目で冗談が通じないタイプで、なによりも自分に厳しい。家族を心から愛している。力場操作という力を持つ。

フォルス

エルフ族の最長老にして、最初の特殊個体であるハイエルフ。かつての勇者パーティの一員。研究家気質で、本人曰く「人道的なマッドサイエンティスト」。研究以外はズボラで、極度の方向音痴。

ルーチェ／宮間明里

快人の母親。明るく元気で前向きな性格。ハンバーグとアップルパイは得意だが、基本的に料理が下手で、絶妙に美味しくない料理を作る。快人が小学生の時、夫の和也とともに交通事故死したが!?

アイシス
衣装デザイン

あとがき

このたびは『勇者召喚に巻き込まれたけど、異世界は平和でした』の第十四巻を手に取っていただき、本当にありがとうございます。

今回は六王祭も後半に入り、いよいよラスボスとしてのシロが存在感を増してきた巻ですね。そして既に故人であるはずの快人の母親、明里も登場しました。快人にとって両親というのはかなり大きな存在で、ここまでの巻でもどこか割り切れていないような感じもありました。シロとの戦いではやはりその辺りが重要になるかもしれませんね。

そして六王祭に関しても、後一巻ほどで終わりの予定ではありますが、やはり六王祭はかなり長いのでキリが悪ければ、二巻かかる可能性もありますね。

まぁ、ラスボスと言いつつも別に快人とシロは敵対しているわけでもなく、あくまで快人の願いを聞く上での試練のようなものなので、六王祭の最終日を一緒に回る約束をしているわけですが……やはり平和ですね。

六王祭編はエピソード自体が長すぎて、あまり加筆要素を入れる余裕が無かったので、六王祭が終わった後は加筆多目にしていきたいなぁとも思っています。

最後まで読んでくださってありがとうございました。また次巻のあとがきでお会い出来たら嬉しいです。

灯台

勇者召喚に巻き込まれたけど、異世界は平和でした 14

2023年12月31日 初版発行

【著　　者】灯台

【イラスト】おちゃう
【編集】株式会社 桜雲社／新紀元社編集部
【デザイン・DTP】株式会社明昌堂

【発行者】福本皇祐
【発行所】株式会社新紀元社
〒101-0054　東京都千代田区神田錦町1-7　錦町一丁目ビル2F
TEL 03-3219-0921 ／ FAX 03-3219-0922
http://www.shinkigensha.co.jp/
郵便振替　00110-4-27618

【印刷・製本】中央精版印刷株式会社

ISBN978-4-7753-2085-3

本書の無断複写・複製・転載は固くお断りいたします。
乱丁・落丁本はお取り替えいたします。
定価はカバーに表示してあります。

Printed in Japan
©2023 Toudai, おちゃう / Shinkigensha

※本書は、「小説家になろう」（http://syosetu.com/）に掲載されていたものを、改稿のうえ書籍化したものです。